AF202677

Tucholsky Wagner Zola Scott Sydow Freud Schlegel
Turgenev Wallace Fonatne

Twain Walther von der Vogelweide Fouqué Friedrich II. von Preußen
Weber Freiligrath Frey

Fechner Fichte Weiße Rose von Fallersleben Kant Ernst Frommel
Richthofen

Engels Fielding Hölderlin
Fehrs Faber Flaubert Eichendorff Tacitus Dumas

Maximilian I. von Habsburg Fock Eliasberg Zweig Ebner Eschenbach
Feuerbach Ewald Eliot Vergil

Goethe Elisabeth von Österreich London
Mendelssohn Balzac Shakespeare Dostojewski Ganghofer
Lichtenberg Rathenau Doyle Gjellerup
Trackl Stevenson Hambruch
Mommsen Thoma Tolstoi Lenz Hanrieder Droste-Hülshoff
Dach Verne von Arnim Hägele Hauff Humboldt
Reuter Rousseau Hagen Hauptmann Gautier
Karrillon Garschin
Damaschke Defoe Hebbel Baudelaire
Descartes Hegel Kussmaul Herder
Wolfram von Eschenbach Schopenhauer
Bronner Darwin Dickens Rilke George
Melville Grimm Jerome Bebel
Campe Horváth Aristoteles Proust
Bismarck Vigny Barlach Voltaire Federer Herodot
Gengenbach Heine
Storm Casanova Tersteegen Gilm Grillparzer Georgy
Chamberlain Lessing Langbein Gryphius
Brentano Lafontaine
Strachwitz Claudius Schiller Kralik Iffland Sokrates
Katharina II. von Rußland Bellamy Schilling
Gerstäcker Raabe Gibbon Tschechow
Löns Hesse Hoffmann Gogol Wilde Vulpius
Luther Heym Hofmannsthal Klee Hölty Morgenstern Gleim
Roth Heyse Klopstock Kleist Goedicke
Luxemburg Puschkin Homer Mörike
Machiavelli La Roche Horaz Musil
Navarra Aurel Musset Kierkegaard Kraft Kraus
Nestroy Marie de France Lamprecht Kind Kirchhoff Hugo Moltke
Nietzsche Nansen Laotse Ipsen Liebknecht
Marx Ringelnatz
von Ossietzky Lassalle Gorki Klett Leibniz
May vom Stein Lawrence Irving
Petalozzi Knigge
Platon Kafka
Sachs Poe Pückler Michelangelo Kock
Liebermann Korolenko
de Sade Praetorius Mistral Zetkin

Die mißbrauchten Liebesbriefe

Gottfried Keller

Impressum

Autor: Gottfried Keller

Umschlagkonzept: toepferschumann, Berlin

Verlag: tredition GmbH, Hamburg
ISBN: 978-3-8424-6889-4
Printed in Germany

Text der Originalausgabe

Gottfried Keller

Die mißbrauchten Liebesbriefe

Viktor Störteler, von den Seldwylern nur Viggi Störteler genannt, lebte in behaglichen und ordentlichen Umständen, da er ein einträgliches Speditions- und Warengeschäft betrieb und ein hübsches, gesundes und gutmütiges Weibchen besaß. Dieses hatte ihm außer der sehr angenehmen Person ein ziemliches Vermögen gebracht, welches Gritli von auswärts zugefallen war, und sie lebte zutulich und still bei ihrem Manne. Ihr Geld aber war ihm sehr förderlich zur Ausbreitung seiner Geschäfte, welchen er mit Fleiß und Umsicht oblag, daß sie trefflich gediehen. Hiebei schützte ihn eine Eigenschaft, welche, sonst nicht landesüblich, ihm einstweilen wohl zustatten kam. Er hatte seine Lehrzeit und einige Jahre darüber nämlich in einer größeren Stadt bestanden und war dort Mitglied eines Vereines junger Comptoiristen gewesen, welcher sich wissenschaftliche und ästhetische Ausbildung zur Aufgabe gestellt hatte. Da die jungen Leute ganz sich selbst überlassen waren, so übernahmen sie sich und machten allerhand Dummheiten. Sie lasen die schwersten Bücher und führten eine verworrene Unterhaltung darüber; sie spielten auf ihrem Theater den Faust und den Wallenstein, den Hamlet, den Lear und den Nathan; sie machten schwierige Konzerte und lasen sich schreckbare Aufsätze vor, kurz, es gab nichts, an das sie sich nicht wagten.

Hievon brachte Viggi Störteler die Liebe für Bildung und Belesenheit nach Seldwyla zurück; vermöge dieser Neigung aber fühlte er sich zu gut, die Sitten und Gebräuche seiner Mitbürger zu teilen; vielmehr schaffte er sich Bücher an, abonnierte in allen Leihbibliotheken und Lesezirkeln der Hauptstadt, hielt sich die »Gartenlaube« und unterschrieb auf alles, was in Lieferungen erschien, da hier ein fortlaufendes, schön verteiltes Studium geboten wurde. Damit hielt er sich in seiner Häuslichkeit und zugleich seine Umstände vor Schaden bewahrt. Wenn er seine Tagesgeschäfte munter und vorsichtig durchgeführt, so zündete er seine Pfeife an, verlängerte die Nase und setzte sich hinter seinen Lesestoff, in welchem er mit großer Gewandtheit herumfuhr. Aber er ging noch weiter. Bald schrieb er verschiedene Abhandlungen, welche er seiner Gattin als »Essays« bezeichnete, und er sagte öfter, er glaube, er sei seiner Anlage nach ein Essayist. Als jedoch seine Essays von den Zeitschriften, an wel-

7

che er sie sandte, nicht abgedruckt wurden, begann er Novellen zu schreiben, die er unter dem Namen »Kurt vom Walde« nach allen möglichen Sonntagsblättchen instradierte. Hier ging es ihm besser, die Sachen erschienen wirklich feierlich unter dem herrlichen Schriftstellernamen in den verschiedensten Gegenden des Deutschen Reiches, und bald begann hier ein Roderich vom Tale, dort ein Hugo von der Insel und wieder dort ein Gänserich von der Wiese einen stechenden Schmerz zu empfinden über den neuen Eindringling. Auch konkurrierte er heimlich bei allen ausgeschriebenen Preisnovellen und vermehrte hiedurch nicht wenig die angenehme Bewegtheit seines eingezogenen Lebens. Neuen Aufschwung gewann er stets auf seinen kürzeren oder längeren Geschäftsreisen, wo er dann in den Gasthöfen manchen Gesinnungsverwandten traf, mit dem sich ein gebildetes Wort sprechen ließ; auch der Besuch der befreundeten Redaktionsstübchen in den verschiedenen Provinzen gewährte neben den Handelsgeschäften eine gebildete Erholung, obgleich diese hie und da eine Flasche Wein kostete.

Ein Haupterlebnis feierte er eines Tages an der abendlichen Wirtstafel in einer mittleren deutschen Stadt, an welcher nebst einigen alten Stammgästen des Ortes mehrere junge Reisende saßen. Die würdigen alten Herren mit weißen Haaren führten ein gemächliches Gespräch über allerlei Schreiberei, sprachen von Cervantes, von Rabelais, Sterne und Jean Paul sowie von Goethe und Tieck und priesen den Reiz, welchen das Verfolgen der Kompositionsgeheimnisse und des Stiles gewähre, ohne daß die Freude an dem Vorgetragenen selbst beeinträchtigt werde. Sie stellten einläßliche Vergleichungen an und suchten den roten Faden, der durch all dergleichen hindurchgehe; bald lachten sie einträchtig über irgendeine Erinnerung, bald erfreuten sie sich mit ernstem Gesicht über eine neu gefundene Schönheit, alles ohne Geräusch und Erhitzung, und endlich, nachdem der eine seinen Tee ausgetrunken, der andere sein Schöppchen geleert, klopften sie die langen Tonpfeifen aus und begaben sich auf etwas gichtischen Füßen zu ihrer Nachtruhe. Nur einer setzte sich unbeachtet in eine Ecke, um noch die Zeitung zu lesen und ein Glas Punsch zu trinken.

Nun aber entwickelte sich unter den jüngeren Gästen, welche bislang horchend dagesessen hatten, das Gespräch. Einer fing an mit einer spöttischen Bemerkung über die altväterische Unterhaltung dieser Alten, welche gewiß vor vierzig Jahren einmal die Schöngeister dieses Nestes gespielt hätten. Diese Bemerkung wurde lebhaft aufgenommen, und indem ein Wort das andere gab, entwickelte sich abermals ein Gespräch belletristischer Natur, aber von ganz anderer Art. Von den verjährten Gegenständen jener Alten wußten sie nicht viel zu berichten als das und jenes vergriffene Schlagwort aus schlechten Literargeschichten; dagegen entwickelte sich die ausgebreitetste und genaueste Kenntnis in den täglich auftauchenden Erscheinungen leichterer Art und aller der Personen und Persönchen, welche sich auf den tausend grauen Blättern stündlich unter wunderbaren Namen herumtummeln. Es zeigte sich bald, daß dies nicht solche Ignoranten von alten Gerichtsräten und Privatgelehrten, sondern Leute vom Handwerk waren. Denn es dauerte nicht lange, so hörte man nur noch die Worte Honorar, Verleger, Clique, Koterie und was noch mehr den Zorn solchen Volkes reizt und seine Phantasie beschäftigt. Schon tönte und schwirrte es, als ob zwanzig Personen sprächen, die tückischen Äuglein blinkerten und eine allgemeine glorreiche Erkennung konnte nicht länger ausbleiben. Da entlarvte sich dieser als Guido von Strahlheim, jener als Oskar Nordstern, ein dritter als Kunibert vom Meere. Da zögerte auch Viggi nicht länger, der bisher wenig gesprochen, und wußte es mit einiger Schüchternheit einzuleiten, daß er als Kurt vom Walde erkannt wurde. Er war von allen gekannt sowie er ebenso alle kannte, denn diese Herren, welche ein gutes Buch jahrzehntelang ungelesen ließen, verschlangen alles, was von ihresgleichen kam, auf der Stelle, es in allen Kaffeebuden zusammensuchend, und zwar nicht aus Teilnahme, sondern aus einer sonderbaren Wachsamkeit.

»Sie sind Kurt vom Walde?« hieß es dröhnend, »ha! willkommen!« Und nun wurden mehrere Flaschen eines unechten wohlfeilen und sauren Weines bestellt, der billigste unter Siegel, der im Hause war, und es hob erst recht ein energisches Leben an. Nun galt es zu zeigen, daß man Haare auf den Zähnen habe! Alle Männer, die es zu irgendeinem Erfolge gebracht und in diesem Augenblicke Hunderte von Meilen entfernt vielleicht schon den Schlaf der Gerechten schliefen, wurden auf das gründlichste demoliert; jeder wollte die genauesten Nachrichten von ihrem Tun und Lassen haben, keine Schandtat gab es, die ihnen nicht zugeschrieben wurde, und der Refrain bei jedem war schließlich ein trocken sein sollendes:»Er ist übrigens Jude!«Worauf es im Chor ebenso trocken hieß: »Ja, er soll ein Jude sein!«

Viggi Störteler rieb sich entzückt die Hände und dachte: Da bist du einmal vor die rechte Mühle gekommen! Ein Schriftsteller unter Schriftstellern! Ei! was das für geriebene Geister sind! Welches Verständnis und welch sittlicher Zorn!

In dieser Nacht und bei diesem Schwefelwein ward nun, um der schlechten Welt vom Amte zu helfen und ein neues Morgenrot herbeizuführen, die förmliche und feierliche Stiftung einer »neuen Sturm- und Drangperiode« beschlossen, und zwar mit planvoller Absicht und Ausführung, um diejenige Gärung künstlich zu erzeugen, aus welcher allein die Klassiker der neuen Zeit hervorgehen würden.

Als sie jedoch diese gewaltige Abrede getroffen, konnten sie nicht weiter, sondern senkten alsbald ihre Häupter und mußten das Lager suchen; denn diese Propheten ertrugen nicht einmal guten, geschweige denn schlechten Wein und büßten jede kleine Ausschreitung mit großer Abschwächung und Übelkeit.

Als sie abgezogen waren, fragte der alte Herr, welcher zurückgeblieben war und sich höchlich an dem Treiben ergötzt hatte, den Kellner, was das für Leute wären? »Zwei davon«, sagte dieser, »sind Geschäftsreisende, ein Herr Störteler und ein Herr Huberl; der dritte heißt Herr Stralauer, doch nur den vierten kenn ich näher, der nennt sich Dr. Mewes und hat sich vergangenen Winter einige Wochen hier aufgehalten. Er gab im Tanzsaal beim Blauen Hecht, wo ich damals war, Vorlesungen über deutsche Literatur, welche er wörtlich abschrieb aus einem Buche. Dasselbe mußte aus irgendeiner Bibliothek gestohlen worden sein, dem Einbande nach zu urteilen, und war ganz voll Eselsohren, Tinten- und Ölflecke. Außer diesem Buche besaß er noch einen zerzausten Leitfaden zur französischen Konversation und ein Kartenspiel mit obszönen Bildern darin, wenn man es gegen das Licht hielt. Er pflegte jenes Buch im Bett auszuschreiben, um die Heizung zu sparen; da verschüttete er schließlich das Tintenfaß über Steppdecke und Leintuch, und als man ihm eine billige Entschädigung in die Rechnung setzte, drohte er, den Blauen Hecht in seinen Schriften und ›Feuilletons‹ in Verruf zu bringen. Da er sonst allerlei häßliche Gewohnheiten an sich hatte, wurde er endlich aus dem Hause getan. Er schreibt übrigens unter dem Namen Kunibert vom Meere allerhand süßliche und nachgeahmte Sachen.«

»Was Teufel!« sagte der Alte, »Ihr wißt ja wie ein Mann vom Handwerk über diese Dinge zu reden, Meister Georg!« Der Kellner errötete, stockte ein wenig und sagte dann: »Ich will nur gestehen, daß ich selbst anderthalb Jahre Schriftsteller gewesen bin!« – »Ei der Tausend!« rief der Alte, »und was habt Ihr denn geschrieben?« – »Das weiß ich kaum gründlich zu berichten«, fuhr jener fort, »ich war Aufwärter in einem Kaffeehaus, wo sich eine Anzahl Leute von der Gattung unserer heutigen Gäste beinahe den ganzen Tag aufhielt. Das lag herum, flanierte, räsonierte, durchstöberte die Zeitungen, ärgerte sich über fremdes Glück, freute sich über fremdes Unglück und lief gelegentlich nach Hause, um im größten Leichtsinn schnell ein Dutzend Seiten zu schmieren; denn da man nichts gelernt hatte, so besaß man auch keinen Begriff von irgendeiner Verantwortlichkeit. Ich wurde bald ein Vertrauter dieser Herren, ihr Leben schien mir meiner dienstbaren Stellung weit vorzuziehen und ich wurde ebenfalls ein Schriftsteller. Auf meiner Schlafkammer verbarg ich einen Pack zerlesene Nummern von französischen Zeitungen, die ich in den verschiedenen Wirtschaften gesammelt, wo ich früher gedient hatte, ursprünglich um mich darin ein wenig in die Sprache hineinzubuchstabieren, wie es einem jungen Kellner geziemt. Aus diesen verschollenen Blättern übersetzte ich einen Mischmasch von Geschichtchen und Geschwätz aller Art, auch über Persönlichkeiten, die ich nicht im mindesten kannte. Aus Unkenntnis der deutschen Sprache behielt ich nicht nur öfter die französische Wort- und Satzstellung, sondern auch alle möglichen Gallizismen bei, und die Salbadereien, welche ich aus meinem eigenen Gehirne hinzufügte, schrieb ich dann ebenfalls in diesem Kauderwelsch, welches ich für echt schriftstellerisch hielt. Als ich ein Buch Papier auf solche Weise überschmiert hatte, anvertraute ich es als ein Originalwerk meinen Herren und Freunden, und siehe, sie nahmen es mit aller Aufmunterung entgegen und wußten es sogleich zum Druck zu befördern. Es ist etwas Eigentümliches um die schlechten Skribenten. Obgleich sie die unverträglichsten und gehässigsten Leute von der Welt sind, so haben sie doch eine unüberwindliche Neigung, sich zusammenzutun und ins Massenhafte zu vermehren, gewissermaßen um so einen mechanischen Druck nach der oberen Schicht auszuüben. Mein Büchlein wurde sofort als das sehr zu beachtende Erstlingswerk eines geistreichen jungen Autors verkündet, welcher deutsche Schärfe des Urteils mit französischer Eleganz verbinde, was wohl von dessen mehrjährigem Aufenthalt in Paris herrühre. Ich war nämlich in der Tat ein halbes Jahr in dieser Stadt bei einem deutschen Gastwirt gewesen. Da unter dem übersetzten Zeuge mehrere pikante, aber vergessene Anekdoten waren, so zirkulierten diese, unter Anführung meines Buches, alsbald durch eine Menge von Blättern. Ich hatte mich auf dem Titel George d'Esan, welches eine Umkehrung meines ehrlichen Namens, Georg Nase ist, genannt. Nun hieß es überall: George Desan in seinem interessanten Buch erzählt folgenden Zug von dem oder von jenem, und ich wurde dadurch so aufgeblasen und keck, daß ich auf der betretenen Bahn ohne weitern Aufenthalt fortrannte wie eine abgeschossene Kanonenkugel.«

»Aber zum Teufel!« sagte jetzt der Alte, »was hattet Ihr denn nur für Schreibestoff? Ihr konntet doch nicht immer von Eurem Pack alter Zeitungen zehren?«

»Nein! Ich hatte eben keinen Stoff als sozusagen das Schreiben selbst. Indem ich Tinte in die Feder nahm, schrieb ich über diese Tinte. Ich schrieb, kaum daß ich mich zum Schriftsteller ernannt sah, über die Würde, die Pflichten, Rechte und Bedürfnisse des Schriftstellerstandes, über die Notwendigkeit seines Zusammenhaltens gegenüber den andern Ständen, ich schrieb über das Wort Schriftsteller selbst, unwissend, daß es ein echt deutsches und altes Wort ist, und trug auf dessen Abschaffung an, indem ich andere, wie ich meinte, viel geistreichere und richtigere Benennungen ausheckte und zur Erwägung vorschlug, wie zum Beispiel Schriftner, Tinterich, Schriftmann, Buchner, Federkünstler, Buchmeister und so fort. Auch drang ich auf Vereinigung aller Schreibenden, um die Gewährleistung eines schönen und sichern Auskommens für jeden Teilnehmer zu erzielen, kurz, ich regte mit allen diesen Dummheiten einen erheblichen Staub auf und galt eine Zeitlang für einen Teufelskerl unter den übrigen Schmierpetern. Alles und jedes bezogen wir auf unsere Frage und kehrten immer wieder zu den ›Interessen‹ der Schriftstellerei zurück. Ich schrieb, obgleich ich der unbelesenste Gesell von der Welt war, ausschließlich nur über Schriftsteller, ohne deren Charakter aus eigener Anschauung zu kennen, komponierte ›ein Stündchen bei X.‹ oder ›ein Besuch bei N.‹ oder ›eine Begegnung mit P.‹ oder ›einen Abend bei der Q.‹ und dergleichen mehr, was ich alles mit unsäglicher Naseweisheit, Frechheit und Kinderei ausstattete. Überdies betrieb ich eine rührige Industrie mit sogenannten ›Mitgeteilts‹ nach allen Ecken und Enden hin, indem ich allerlei Neuigkeitskram und Klatsch verbreitete. Wenn gerade nichts aus der Gegenwart vorhanden war, so übersetzte ich die Sesenheimer Idylle wohl zum zwanzigsten Male aus Goethes schöner Sprache in meinen gemeinen Jargon und sandte sie als neue Forschung in irgendein Winkelblättchen. Auch zog ich aus bekannten Autoren solche Stellen, über welche man in letzter Zeit wenig gesprochen hatte, wenigstens nicht meines Wissens, und ließ sie mit einigen albernen Bemerkungen als Entdeckung herumgehen. Oder ich schrieb wohl aus einem eben herausgekommenen Bande einen Brief, ein Gedicht aus und setzte es als handschriftliche Mitteilung in Umlauf, und ich hatte immer die Genugtuung, das Ding munter durch die ganze Presse zirkulieren zu sehen. Insbesondere gewährte mir der Dichter Heine die fetteste Nahrung; ich gedieh an seinem Krankenbette förmlich wie die Rübe im Mistbeete.«

»Aber Ihr seid ja ein ausgemachter Halunke gewesen!« rief der alte Herr mit Erstaunen, und Meister Georg versetzte: »Ich war kein Halunke, sondern eben ein armer Tropf, welcher seine Kellnergewohnheiten in eine Tätigkeit übertrug und in Verhältnisse, von denen er weder einen sittlichen noch einen unsittlichen, sondern gar keinen Begriff hatte. Überdies brachte mein Verfahren niemandem einen wirklichen Schaden.«

»Und wie seid Ihr denn von dem schönen Leben wieder abgekommen?« fragte der Alte.

»Ebenso kurz und einfach, wie ich dazu gekommen!« antwortete der Exschriftner, »ich befand mich trotz alles Glanzes doch nicht behaglich dabei und vermißte besonders die bessere Nahrung und die guten Weinrestchen meines frühern Standes. Auch ging ich ziemlich schäbig gekleidet, indem ich einen ganz abgetragenen Aufwärterfrack unter einem dünnen Überzieher Sommer und Winter trug. Unversehens fiel mir aus der Heimat eine kleine Geldsumme zu, und da ich von früher her noch eine alte Sehnsucht nährte, ordentlich gekleidet zu sein, so bestellte ich mir sofort einen feinen neuen Frack, eine gute Weste und kaufte ein gut vergoldetes Uhrkettchen sowie ein feines Hemd mit einem Jabot. Als ich mich aber, dergestalt ausgeputzt, im Spiegel besah, fiel es mir wie Schuppen von den Augen; ich fand mich plötzlich zu gut für einen Schriftsteller, dagegen reif genug für einen Oberkellner in einem Mittelgasthofe und suchte demgemäß eine Anstellung.«

»Aber wie kommt es«, fragte der Gast noch, »daß Ihr nun so einsichtig und ordentlich über jenes Treiben zu urteilen wißt?«

»Das mag daher kommen«, erwiderte Georg Nase lächelnd, »daß ich mich erst jetzt in meinen Mußestunden zu unterrichten suche, aber bloß zu meinem Privatvergnügen!« Worauf der Alte endlich seine Zeche bezahlte und sich entfernte, nachdem er den Aufwärter eingeladen, in Zukunft doch an den Gesprächen der Gäste teilzunehmen und ja nicht zu versäumen, von seinen lustigen Taten und Erlebnissen so viel mitzuteilen als er immer wüßte. So fügte es sich, daß in diesem Gasthofe die täglichen Stammgäste samt dem Kellner mehr Bildung und Schule besaßen als der kleine Schriftstellerkongreß, der zur Stunde unter dem gleichen Dache schlummerte.

Am nächsten Tage zerstreuten sich die Herren nach allen Winden, nicht ohne nochmals die zu gründende Sturm- und Drangperiode kräftiglichst besprochen zu haben. Indem sie vorläufig schon einige Rollen verteilten, wurde es als eine glückliche Fügung gepriesen, daß in Viggi Störteler die schweizerischen Beziehungen trefflich angebahnt seien, und er übernahm es, einstweilen Bodmer und Lavater zusammen darzustellen, um die reisenden neuen Klopstocks, Wieland und Goethe zu empfangen und aufzumuntern.

So kehrte er ganz aufgebläht von neuen Aussichten und Entwürfen in seine Heimat zurück. Er ließ die Haare lang wachsen, strich sie hinter die Ohren, setzte eine Brille von lauterm Fensterglas auf und trug ein kleines Spitzbärtchen, um sein Äußeres dem bedeutenden Inhalte entsprechen zu lassen, den er durch seine neuen Bekanntschaften mit einem Schlage gewonnen. Seiner Sendung gemäß, die er übernommen, begann er sich mehr unter seinen Mitbürgern umzutun und suchte Anhänger. Wo er wußte, daß einer ein Histörchen in den Kalender geschickt oder einige spöttische Knittelverse verfaßt hatte, die einzige Literatur, so in Seldwyla betrieben wurde, da strebte er ein Mitglied für die Sturm- und Drangperiode zu erwerben. Allein sobald die wackeren Leute seine Absichten merkten und seine wunderlichen Aufforderungen verstanden, machten sie ihn zum Gegenstande ihres Gelächters und neuer Knittelverse, welche zu seinem Verdruß in den Wirtschaften verlesen wurden. Als er vollends an einem Bürgermahle den Stadtschreiber verblümt fragte, was er von »Kurt vom Walde« für eine Meinung hege, und jener erwiderte: »Kurt vom Walde? Was ist das für ein Kalb?« da hatte er für einmal genug und spann sich wieder in seine Häuslichkeit ein.

Dort betrachtete er sein Weib, und da er sah, wie anmutig Gritli in ihrem Häubchen am Spinnrädchen saß, mit rosigem Munde, mit stillbewegtem Busen und mit zierlichem Fuße, da ging ihm ein Licht auf, er beschloß sie zu erhöhen und zu seiner Muse zu machen. Von Stund an hieß er sie das mit beinernen Ringen und Glöckchen kunstreich gezierte Spinnrad zur Seite stellen und das grüne Band vom seidigen Flachse wickeln. Dafür gab er ihr eine alte Anthropologie in die Hand und befahl ihr darin zu lesen, während er in seinem Comptoir arbeite, damit die große Angelegenheit in der Zeit nicht brach liege. Hierauf ging er an seine Geschäfte, sehr zufrieden mit seinem Einfall. Als er aber zum Essen kam und begierig war auf die erste geistige Rücksprache mit seiner Muse, da schüttelte sie den Kopf und wußte nichts zu sagen.

Ich muß zartere Saiten aufziehen für den Anfang! dachte er und gab ihr nach Tisch einen Band »Frühlingsbriefe von einer Einsamen«, darin sollte sie lesen bis zum Abend. Dann ging er in sein Magazin, einen Haufen Farbhölzer wegführen zu lassen, dann in den Wald, um einer Steigerung von Eichenrinde beizuwohnen. Dort machte er einen guten Handel und, vergnügt darüber, noch einen Spaziergang, aber nicht ohne abermaligen Nutzen. Er steckte das geschäftliche Notizbuch beiseite und zog ein kleineres hervor mit einem Stahlschlößchen.

Damit stellte er sich vor den ersten besten Baum, besah ihn genau und schrieb: »Ein Buchenstamm. Hellgrau mit noch helleren Flecken und Querstreifen. Zweierlei Moos bekleidet ihn, ein fast schwärzliches und dann ein samtähnliches glänzend grünes. Außerdem gelbliche, rötliche und weiße Flechten, welche öfter ineinander spielen. Eine Efeuranke steigt an der einen Seite hinauf. Die Beleuchtung ist ein andermal zu studieren, da der Baum im Schatten steht. Vielleicht in Räuberszenen anzuwenden.«

Dann blieb er vor einem eingerammelten Pflock stehen, auf welchen irgendein Kind eine tote Blindschleiche gehängt hatte. Er schrieb: »Interessantes Detail. Kleiner Stab in Erde gesteckt. Leiche von silbergrauer Schlange darum gewunden, gebrochen im Starrkrampf des Todes. Ameisen kommen aus dem hohlen Innern hervor oder gehen hinein, Leben in die tragische Szene bringend. Die Schlagschatten von einigen schwanken Gräsern, deren Spitzen mit rötlichen Ähren versehen sind, spielen über das Ganze. Ist Merkur tot und hat seinen Stab mit toten Schlangen hier stecken lassen? Letztere Anspielung mehr für Handelsnovelle tauglich. NB. Der Stab oder Pflock ist alt und verwittert, von der gleichen Farbe wie die Schlange; wo ihn die Sonne bescheint, ist er wie mit silbergrauen Härchen besetzt. (Die letztere Beobachtung dürfte neu sein.)«

Auch vor einem Karrengeleise stellte er sich auf und schrieb: »Motiv für Dorfgeschichte: Wagenfurche halb mit Wasser gefüllt, in welchem kleine Wassertierchen schwimmen. Hohlweg. Erde feucht, dunkelbraun. Auch die Fußstapfen sind mit Wasser gefüllt, welches rötlich, eisenhaltig. Großer Stein im Wege, zum Teil mit frischen Beschädigungen, wie von Wagenrädern. Hieran ließe sich Exposition knüpfen von umgeworfenen Wagen, Streit und Gewalttat.«

Weiter gehend, stieß er auf eine arme Landdirne, hielt sie an, gab ihr einige Münzen und bat sie fünf Minuten still zu stehen, worauf er, sie von Kopf zu Füßen beschauend, niederschrieb: »Derbe Gestalt, barfuß, bis über die Knöchel voll Straßenstaub; blaugestreifter Kittel, schwarzes Mieder, Rest von Nationaltracht, Kopf in rotes Tuch gehüllt, weiß gewürfelt –« allein urplötzlich rannte die Dirne davon und warf die Beine auf, als ob ihr der böse Feind im Nacken säße. Viktor, ihr begierig nachsehend, schrieb eifrig: »Köstlich! dämonisch-populäre Gestalt, elementarisches Wesen.« Erst in weiter Entfernung stand sie still und schaute zurück; da sie ihn immer noch schreiben sah, kehrte sie ihm den Rücken zu und klopfte sich mit der flachen Hand mehrere Male hinter die Hüften, worauf sie im Walde verschwand.

So kehrte er heimwärts, beladen wie eine Biene mit seiner Ausbeute. »Nun, liebes Mus'chen!« rief er seine Frau an, »hast du dein Buch gelesen? Mir ist es sehr gut gegangen, ich bringe treffliche Studien nach Hause, über deren Benutzung wir heute noch plaudern wollen!« Allein sie wußte abermals nichts zu sagen, weil sie den ganzen Nachmittag im Garten gesessen und mit großer Behaglichkeit grüne Erbsen ausgehülst hatte. Diesmal schüttelte er seinerseits den Kopf und dachte: Seltsam! Vielleicht ist es besser, gleich mit der Praxis zu beginnen und sich auf den weiblichen Scharfsinn zu verlassen! Demgemäß las er ihr beim Nachtessen seine heutigen Notizen vor, entwickelte ein Gespräch über den Nutzen solcher Beobachtungen, und indem er ihr riet, sich ebenfalls dergleichen Wahrnehmungen aufzuzeichnen und ihm das Gesammelte mitzuteilen, forderte er sie auf, ihre Meinung über alles dies zu sagen. »Ich verstehe dies alles nicht!« war ihre ganze Antwort. Sich zur Geduld zwingend, sagte er: »So wollen wir gleich ein Ganzes vornehmen, welches dir vielleicht klarer sein wird und worin du vielleicht die Verflechtung solcher Teile, so kunstreich sie auch ist, wahrnehmen magst!«

Also nahm er seine neueste Handschrift hervor und begann sie vorzulesen, oft unterbrochen durch die Störungen, welche die allerorts durchstrichene und verbesserte Schreiberei veranlaßte, sowie durch das Hin- und Herrücken der Brille, welche ihn blendete. Dennoch gewahrte er erst nach einem halben Stündchen, daß seine Gattin eingeschlummert war.

Da klingelte er mit dem Messer gegen den metallenen Leuchter und sagte, als sich Gritli zusammenraffte, ernst und mißfällig: »Das kann so nicht gehen, liebe Frau! Du siehst, wie ich mir alle Mühe gebe, dich zu mir heranzubilden, und du kommst mir dennoch nicht entgegen! Du weißt, daß ich die dornenvolle Laufbahn eines Dichters betreten habe, daß ich des Verständnisses, der begeisternden Anregung, des liebevollen Mitempfindens eines weiblichen Wesens, einer gleichgestimmten Gattin bedarf, und du lässest mich im Stich, du schläfst ein!«

»Ei, mein lieber Mann!« erwiderte Frau Gritli, indem sie über diese Reden errötete, »mich dünkt, ein rechter Dichter soll seine Kunst verstehen ohne eine solche Einbläserin!«

»Gut!« rief Viggi, »verhöhne mich nur noch, statt mich zu erheben und aufzurichten! Gut! Ich werde in Gottes Namen meinen Weg allein wandeln!«

Und er legte sich kummervoll schmollend zu Bett und sein Weib legte sich neben ihn in Sorgen, daß es um seinen Verstand übel stehen möchte. Er schmollte nun mehrere Tage und wandelte seinen Weg allein; doch hielt er das nicht aus, sondern beschloß, nunmehr mit männlicher Strenge seinen Willen durchzusetzen und die Gattin zu dem zu zwingen, wofür sie ihm einst danken würde. Er machte schnell einen Erziehungsplan, legte eine Anzahl Bücher zurecht, trat fest vor die Frau hin und wies sie an, unfehlbar zu lesen und zu lernen, was er ihr vorlege. Dadurch geriet sie in große Not; sie sah, daß der Friede Gefahr lief gänzlich zerstört zu werden; auch getraute sie sich nirgends Rat zu holen, um ihren Mann nicht zu verraten und dem Spotte der Leute auszusetzen, welchen diese Geschichte ein gefundenes Fressen wäre. Sie fügte sich also, obgleich mit zornigem Herzen, und tat, wie er verlangte, indem sie die Bücher in die Hand nahm und so aufmerksam als möglich darin zu lesen suchte; auch hörte sie seinen Reden und Vorträgen fleißig zu, nahm sich vor dem Einschlafen in acht und stellte sich sogar, als ob ihr das Verständnis für manches aufginge, weil sie glaubte, dadurch dem Unglück bälder zu entrinnen. Heimlich aber vergoß sie bittere Tränen; sie schämte sich vor sich selber in dieser törichten und schimpflichen Lage und schleuderte die Bücher oft in eine Ecke oder trat sie unter die Füße. Denn der Teufel ritt ihren Mann, daß er ihr alles in die Hand gab, was er von langweiliger und herzloser Ziererei und Schöntuerei nur zusammenschleppen konnte.

Anfänglich war er nicht übel zufrieden mit ihrer Fügsamkeit; als er aber nach einigen Wochen bemerkte, daß sie immer noch keine begeisternde Anregung von sich ausgehen ließ, sagte er eines Morgens: »Das führt uns vorderhand nicht weiter! Darum frisch nun das Leben selbst, die schöne Leidenschaft zu Hilfe gerufen! Eine längere Reise werde ich heute antreten, da ich das Herbstgeschäft einleiten muß. Wohlan, wir werden einen Briefwechsel führen, der sich einst darf sehen lassen! Nun gilt es, mein liebes Weibchen, deine Empfindungen und Gedanken in Fluß zu bringen! Ich werde dir gleich von der nächsten Stadt aus den ersten Brief schreiben; diesen beantwortest du im gleichen Sinne. Daß du mit ja nicht schreibst, das Sauerkraut sei bereits geschnitten und du habest mir neue Nachthemden bestellt und du wollest mich am Ohrläppchen zupfen, wenn ich nach Hause komme, und du habest neulich in meiner Nachtmütze geschlafen und es am Morgen nicht mehr gewußt, sondern darin gefrühstückt, und was dergleichen Trivialitäten mehr sind, die du sonst zu schreiben pflegst! Nein doch! Ermanne dich oder vielmehr erweibe dich einmal! möchte ich beinahe sagen, das heißt kehre deine höhere Weiblichkeit hervor, lasse voll und rein die Harmonien ertönen, die in dir schlafen müssen, so gewiß als in einem schönen Leibe eine schöne Seele wohnt! Kurz, merke auf den Ton und Hauch in meinen Briefen und richte dich danach, mehr sag ich nicht!«

Als er wirklich reisefertig in der Stube stand, überraschte ihn Gritli mit einem allerliebsten Handköfferchen aus buntem Korbgeflecht, in welchem ein gebratenes Huhn, einige Brötchen, zwei Kristallfläschchen mit altem Wein und Likör, ein silbernes Becherchen, ein Besteck und zwei kleine Servietten auf das bequemste und appetitlichste zusammengepackt waren. Das hatte sie alles nach ihrer Angabe herrichten lassen, weil er sich schon oft über den Hunger und Durst beklagt, welchen man auf den endlosen Eisenbahnen erleiden müsse. Er nahm es, von seinen Ideen eingenommen, zerstreut entgegen, sagte aber beim Abschiede noch kalt und streng: »Wende deine Gedanken nun von dergleichen materiellen Dingen ab und sinne an das, was ich dir gesagt! Bedenke, daß von dieser letzten Probe der Frieden und das Glück unserer Zukunft abhangen!«

Hiemit entfernte er sich und öffnete, eh noch zwei Stunden vergangen waren, das Körbchen, eine leckere Mahlzeit zu halten und die Reisegefährten zu reizen. Das Huhn war vortrefflich zerschnitten und kunstreich wieder zusammengefügt, die Brötchen besonders wohlgebacken; nur war er unschlüssig, ob er von dem alten Sherry oder von dem feinen Kirschbranntwein trinken solle; nahm aber zuletzt von beidem. So lebte er lecker und fröhlich und zündete sich dann eine Zigarre an aus dem reichen Täschchen, das ihm seine Frau gestickt.

Diese saß indessen nicht in der besten Gemütsverfassung zu Hause; das Herz war ihr recht schwer; denn als ein sehr eingefleischter Narr hatte Herr Viggi Störteler einen herrlichen Ausweg gefunden, sie auch aus der Ferne zu quälen, und anstatt daß durch seine Abreise ein Alp von ihr genommen wurde, welcher Gedanke ihr auch neu und verwirrend war, hatte sie nun in dem Postboten ein neues Schreckgespenst zu erwarten. Und daß die ganze Geschichte bedenklich wurde, bewiesen seine letzten Worte. So harrte sie denn voll Bangigkeit der Dinge, die da kommen sollten, und nahm sich vor, wenn immer möglich, die Briefe ihres Mannes zu beantworten nach ihren besten Kräften. Richtig erschien noch vor Ablauf von sechzig Stunden folgender Brief

»Teuerste Freundin meiner Seele!

Wenn sich zwei Sterne küssen, so gehen zwei Welten unter! Vier rosige Lippen erstarren, zwischen deren Kuß ein Gifttropfen fällt! Aber dieses Erstarren und jener Untergang sind Seligkeit und ihr Augenblick wiegt Ewigkeiten auf. Wohl hab ich's bedacht und hab es bedacht und finde meines Denkens kein Ende: – Warum ist Trennung? – ? - Nur eines weiß ich dieser furchtbaren Frage entgegenzusetzen und schleudere das Wort in die Waagschale: Die Glut meines Liebeswillens ist stärker als Trennung, und wäre diese die

Urverneinung selbst – – solange dies Herz schlägt, ist das Universum noch nicht um die Urbejahung gekommen!! Geliebte! fern von Dir umfängt mich Dunkelheit – ich bin herzlich müde! Einsam such ich mein Lager – – schlaf wohl! – –«

Bei diesem Briefe lag noch ein Zettel des Inhalts:

»P. S. Ich habe absichtlich, liebe Frau! diesen ersten Brief kurz gehalten, daß der Anfang Dir nicht zu schwierig erscheinen möge! Du siehst, daß es sich in diesen Zeilen nur um ein einziges Motiv handelt, um den Begriff der Trennung. Äußere nun hierüber Deine Gefühle und füge eine neue Anregung hinzu, welche zu finden nun eben die Sache Deines Herzens und Deines guten Willens sein wird. Heute schlaf ich zum erstenmal in einem Bette seit meiner Abreise; wenn's nur keine Wanzen hat! Der junge Müller an der Burggasse, welchen ich angetroffen, hat mich um 40 Francs angepumpt in Gegenwart von andern Reisenden und ganz en passant, so daß ich es in der Eile nicht abschlagen konnte. Da ich weiß, daß seine Eltern noch eine Partie Ölsamen haben, so soll unser Kommis gleich hingehen und den Ölsamen kaufen und auf Rechnung setzen. Es muß aber gleich geschehen, ehe sie wissen, daß der Junge mir Geld schuldig ist, sonst bekommen wir weder Ölsamen noch Geld.

NB. Wir wollen die geschäftlichen und häuslichen Angelegenheiten auf solche Extrazettel setzen, damit man sie nachher absondern kann. In Erwartung Deiner baldigen Antwort, Dein Gatte und Freund Viktor.«

Mit diesem Briefe in der Hand saß sie nun da und las und wußte nichts darauf zu antworten. Wenn sie sich auch über die Grausamkeit oder Nützlichkeit der Trennung einige hausbackene Gedanken zurecht gezimmert, so fehlte ihr für die neue Anregung, die sie hinzufügen sollte, jeder Einfall, oder wenn sich einer einstellen wollte, so blieb er weit hinter den küssenden Sternen und hinter der Urbejahung zurück, und darüber verbleichten auch wieder ihre Trennungsbetrachtungen, welche sich doch nur um die Notwendigkeit und Einträglichkeit einer Geschäftsreise drehten, da ihr sonst kein anderer Grund bekannt war.

Sie ging mit dem Briefe auch in den Garten und ging auf und nieder, in immer größerer Angst befangen; da sah sie den Handlungsdiener ihres Mannes und geriet auf den Einfall, ihn ins Vertrauen zu ziehen, ihm ihre Not zu klagen und ihn zur Mithilfe zu veranlassen. Allein sie gab diesen Gedanken sofort auf, um den Respekt gegen ihren Mann nicht zu untergraben. Da fiel ihr Blick auf das Gärtchen eines Nachbarhauses, welches von ihrem Garten nur durch eine grüne Hecke getrennt war, und plötzlich verfiel ihre Frauenlist auf den wunderlichsten Ausweg, welchen sie auch, ohne sich lange zu besinnen und wie von einem höhern Licht erleuchtet, alsobald betrat.

In dem Nachbarhäuschen wohnte ein armer Unterlehrer der Stadt, namens Wilhelm, ein junger, für unklug oder beschränkt geltender Mensch, mit etwas schwärmerischen und dunklen Augen. Derselbe sah für sein Leben gern die Frauen, war aber außerordentlich still und schüchtern und durfte überdies seiner beschränkten und ärmlichen Stellung wegen nicht daran denken, sich zu verheiraten oder sonst dem schönen Geschlechte den Hof zu machen. Er begnügte sich daher, die Schönheit mehr aus der Ferne zu bewundern, und da es für sein Verlangen gleich erfolglos war, ob er eine Frau oder ein Mädchen zum Gegenstande seiner Bewunderung machte, so wechselte er in aller Ehrbarkeit und wählte bald diese, bald jene zum Ziel seiner Gedanken. So lebte er in seinem Herzen wie ein Pascha, und alles Schöne, was Kaffee trank und Strümpfe strickte oder auch müßig ging, gehörte ihm. Dies doch einigermaßen leichtfertige Wesen wissenschaftlich zu begründen oder zu beschönigen war der gute Wilhelm auch vom Christentum abgefallen und, obgleich er des Sonntags in der Kinderlehre vorsingen mußte, wo er immer aufs neue den Katechismus erläutern hörte, einer wahrhaft heidnischen Philosophie zugesteuert. Alle Götter und Göttinnen der Mythologien, welche er gelesen, rief er ins Leben zurück und bevölkerte damit sich zur Kurzweil die Landschaft; je nach der Stimmung des Himmels, der über Seldwyla hing, war er entweder Germane, Grieche oder Indier und behandelte seine Weiber heimlich nach der Art dieser Landsleute. Nur wenn das Wetter gar zu graulich, sein Brot gar zu knapp und nirgends ein freundliches Frauenauge zu erblicken war, blies er zuweilen alle diese Götter auseinander und behauptete bei sich selbst, zu einem solchen Leben brauche man gar keinen Gott.

Diesen jungen Schulmeister wählte sich die schöne Frau zu ihrem Retter, sobald er ihr in den Sinn kam. Daß er sie gern sah, wußte sie seit einiger Zeit, und daß er ein ganz stiller und schüchterner Mensch war, ebenso, weil er errötete und die Augen niederschlug, wenn er ihr begegnete, und er schien ihr gerade von der rechten Art zu sein, um ein Geheimnis zu verschweigen. Sie ging also hin und schrieb den Brief ihres Mannes ab und zwar dergestalt, daß sie einige Worte veränderte oder hinzusetzte, als ob eine Frau an einen Mann schreiben würde. Dann faltete sie das Papier zierlich zusammen und versiegelte es, ohne aber eine Adresse darauf zu setzen.

Dann ging sie zur Abendzeit wieder in den Garten, als Wilhelm eben seine paar Blümchen begoß, nahe der Hecke. Sie trat so dicht davor als sie konnte, und rief ihn leise beim Namen. Zitternd und verstohlen zeigte sie ihm das Briefchen, als er aufblickte, und fragte, indem sie einen ganz seltsam sonnigen Blick hinüberschoß: ob er schweigsam sein könne? Diesmal vergaß er die Augen niederzuschlagen, lachte sie unbewußt vielmehr an, wie ein halbjähriges Kind, welchem man ein glänzendes Ding zeigt, und war im Begriff, indem er die Gießkanne fallen ließ, mit den Händen nach ihrem Kopfe zu fahren, um ihn auch nach dem Munde zu führen, wie es die Kinder machen, die den Raum noch nicht zu beurteilen wissen. Doch antwortete er nicht, bis sie ihn nochmals gefragt hatte, worauf er ernsthaft nickte. »So nehmt das Briefchen hier, wenn es niemand sieht, und legt mir eine hübsche passende Antwort dafür hin! Es handelt sich um einen Scherz und Ihr sollt nicht am Schaden bleiben!« sagte sie, steckte die Epistel durch das Laub des Hages und eilte davon, wie von einer Schlange gebissen, sich auf ihrem Stübchen verbergend.

Wilhelm schaute ihr nach, wie einer, der eine Erscheinung sah; dann nahm er den Brief sachte aus dem Weißdorn, machte einen Umweg, so groß ihn das kleine Grüngärtchen erlaubte, und schlüpfte dann in sein kleines Gemach, welches unmittelbar am Gärtchen lag. Dort las er hastig den Brief, einmal, zweimal, und rief, indem ihm das Herz übermächtig zu schlagen anfing: »O Herr Jesus! Das ist wahrhaftig ein Liebesbrief!« Sogleich zerküßte er das Papier, dann stutzte er wieder, erinnerte sich jedoch des Blickes, welchen sie ihm zugeworfen, und hielt sich für geliebt. Er sah sich um in seinem Stübchen. Dichte Winden mit blauen und roten Blumen verhüllten fast ganz die niederen Fenster, doch drang die Abendsonne hindurch und streute einige goldene Lichter an die Wand, über sein ärmliches Bett und seine drei oder vier Götterlehren und das Schreibzeug. Der erste Gedanke, der sein dankbares Gemüt durchblitzte, war der liebe Gott, und zwar der alleinige und christlich anständige. »Versteht sich!« rief er auf und nieder gehend, den Brief in der Hand, wie eine Depesche, »versteht sich, gibt es einen Gott! Versteht sich, natürlich!« Und er fühlte sich ganz glückseliglich, daß er auf so angenehme Weise seinen Frieden mit dem Schöpfer schließen konnte, der die schönen Frauen geschaffen. Aber aufs neue stutzte er. »Was Teufel tue ich mit ihr? Sie hat ja einen Mann! – Aber halt! das ist ihre Sache! Was sie befiehlt, das tu ich! Will sie's, so sprech ich nie ein Wort zu ihr, verlangt sie's, so kriech ich mit ihr in die Erde hinein, und begehrt sie's, so tue ich's allein!« Nun setzte er sich auf das Bett und ergab sich einem entzückten Träumen; endlich überlas er in der späten Dämmerung nochmals das Briefchen; es schien ihm doch etwas kurios und töricht geschrieben zu sein. »Ach!« sagte er lächelnd vor sich hin, »auch bei einem geschenkten Herzen heißt es: dem geschenkten Gaul sieh nicht ins Maul! Ich will die Antwort in ihrer Weise schreiben, da sie es so liebt und versteht!«

Also zündete er ein Lichtstümpfchen an, suchte ein Blatt Papier hervor und schrieb darauf eine Antwort auf Viggis Brief, wie sie dieser nur wünschen konnte, nicht ohne Geist, aber dazu noch mit aller herzlichen Glut durchwärmt, welche er in diesem Augenblicke empfand. Er faltete das Blatt zusammen und trug es hinaus in die Hecke. Sodann ging er zurück und zu seiner Wirtin, um seine Abendsuppe zu essen; aber siehe da! er war ganz erstaunt, daß er nur wenige Löffel hinunterbrachte, so gesättigt fühlte er sich von allen guten Dingen, während er sonst bei seinen geträumten Liebesverhältnissen allzeit die größte Eßlust empfunden hatte. Darum legte er sich ungesäumt zu Bett und war nur begierig, ob er auch von seiner Geliebten träumen würde; denn ohne das schienen ihm die langen Stunden des Schlafes ein unverantwortlicher Zeit- und Sachverlust zu sein. Kaum lag er im Bette, so fing er, seit geraumer Zeit zum ersten Male, ganz von selbst an zu beten und begann dem lieben Herrgott inniglich und angelegentlich zu danken für die gute Gabe einer Liebsten, die er so unerwartet gewonnen; aber mitten im

Gebet brach er kleinlaut ab, da ihm einfiel, daß der Handel doch nicht ganz zum Beten eingerichtet sei, und er bedauerte fast, daß er so unvorsichtig den christlichen Gott seiner Kindheit wieder eingesetzt hatte, der nicht so lustig mit sich umspringen ließ wie die Alphabetgötter aus seinen Wörterbüchern. Und doch war es ein schönes Leben, was ihn beseelte; denn in den schlimmsten Tagen hatte er nie um ein Stück Brot gebetet. So dachte er denn auch, gewissermaßen hinterrücks, an die schöne Frau, bis der Morgen anbrach und er fest einschlief. Da hatte er einen Traum. Ihm träumte, er sitze und mahle ein Pfund duftig gerösteten Kaffee, und die Kaffeemühle spielte eine süße himmlisch klingende Musik, daß ihm ganz selig zumute ward, und doch träumte er nicht von Frau Gritli.

Diese hatte inzwischen seinen Brief richtig gesucht und gefunden und noch während der Nacht abgeschrieben mit den nötigen Veränderungen. Hiebei begegneten ihr zwei Dinge: erstens klopfte ihr das Herz ziemlich bang und ungestüm, als sie gar wohl die Wärme fühlte, welche in Wilhelms Worten glühte, und sie dieselben so bedächtig abschrieb; zweitens aber fiel es ihr diesmal im Traume nicht ein, in der befohlenen geschäftlichen Nachschrift oder auch im Briefe selbst eine jener munteren Redensarten von Zupfen am Ohrläppchen oder von der Nachtmütze einfließen zu lassen, und das Verbot ihres Mannes erwies sich als ganz überflüssig. Aber auf beide Dinge gab sie nicht weiter acht, da die Sorge, ihren Mann zufrieden zu stellen, sie zu sehr beschäftigte. Ihre Nachschrift aber lautete: »Unser Schreiber ist heute gleich zu Müllers an der Burggasse gegangen und hat den Ölsamen gekauft; aber kaum zwei Minuten nachher, noch ehe wir ihn herbringen konnten, ließen sie für den Betrag 100 blaue Wetzsteine holen. Derweil müssen sie die Nachricht von ihrem Sohne bekommen haben, daß er von Dir 40 Franken entlehnt; denn als man hierauf den Ölsamen holen wollte, ließen sie sich entschuldigen, die Frau habe ohne Wissen des Mannes denselben schon vor zwei Tagen an einen Bauer verhandelt. So haben sie nun die 40 Franken und die Wetzsteine dazu. Gebe Gott, daß Dir mein Brief nicht gänzlich mißfallen möge; er hat mich ziemliche Anstrengung gekostet, jedoch nicht allzu große, und ich merke, daß das Ding schon gehen kann.«

Mit der ersten Post versandte sie den Brief und erhielt schon nach zwei Tagen eine Antwort von vier Seiten mit folgendem Beizettel:

»Hier wäre der zweite Brief von mir, liebe Frau! Ich bin ordentlich stolz darauf, daß ich nun endlich das richtige Verfahren eingeschlagen; denn, ohne Schmeichelei, Du hast Dich vortrefflich gehalten! Aber nun nicht locker gelassen! Du siehst, daß ich schon tüchtig ins Zeug mit Dir gehe und vier Seiten mit lauter energischen Gedanken und Bildern angefüllt habe. Ich sage abermal nichts weiter als: mach Dich dahinter! Die Müllers soll der Teufel holen, wenn ich nach Hause komme! Es hat mich gekränkt, was sie taten, und mir einen schönen Tag verbittert, wo ich die interessantesten Bekanntschaften gemacht! Ich habe vergessen, den ersten Brief zu unterzeichnen, schreibe doch darunter, aber genau: Kurt v. W. Oder laß es lieber bleiben, ich werde doch die ganze Sammlung nachher durchgehen.«

Während der letzten zwei Tage hatte Gritli sich die Sache ernstlicher überlegt und beschlossen, mit Wilhelm abzubrechen. Sie wollte ihm noch zu rechter Zeit sagen, daß es sich um einen Scherz gehandelt habe, den sie ihm auf irgendeine Weise schon noch zu erklären gedenke; auch hatte sie durch das Abschreiben der beiden Briefe etwas Mut geschöpft und hoffte, am Ende allein zurechtzukommen. Als sie aber das neue Geschreibsel in Händen hielt, ward es ihr rot und blau vor den Augen, und wenn sie bedachte, daß das nun fortschreitend immer toller werde, so gab sie jede Hoffnung auf und beeilte sich in ihrer erneuten Angst, die vier Seiten nur wieder abzuschreiben und an den bewußten Ort zu tun.

Wilhelm, welcher zwei schlimme Tage zugebracht hatte, weil er von seiner Dame nichts hörte oder sah, stürzte sich wie ein Habicht auf die Beute und stellte in weniger als einer Stunde eine Antwort her, welche an Schwung und Zärtlichkeit Viggis Kunstwerk weit hinter sich ließ. Als Gritli dies abschrieb, fühlte sie sich tief bewegt und es fielen ihr sogar einige Tränen auf das Papier, denn dergleichen hatte ihr noch niemand gesagt. Fast wollte es sie bedünken, wenn sie an einen Menschen wie Wilhelm zu schreiben hätte, so würde ihr das Werk leichter, aber an Viggi? Sie gab nun jeden Gedanken auf, den Briefwechsel allein zu führen, und ließ den Dingen ihren Lauf, auf ihre List vertrauend, welche in der Not schon einen neuen Ausweg finden sollte. Diesmal fügte sie folgende Nachschrift hinzu: »Neues weiß ich von hier nichts zu melden als eine kleine närrische Geschichte, welche ich nicht in den Hauptbrief zu setzen wagte. Der arme Schorenhans vor dem Tore, welcher, wie Du weißt, mehr Witze macht als er Fleisch zu sehen kriegt, sollte jüngsten Sonntag einen schweren Zins nach der Hauptstadt tragen. Weil er fast nichts übrig behielt, um dort einzukehren und etwas zu genießen, so sagte er zu seiner Frau: ›Ich werde mich früh um vier Uhr auf die Beine machen und streng laufen, denn es sind sieben Stunden, so werde ich bis zum Mittagessen eintreffen und wohl einen Teller Suppe und vielleicht auch ein Glas Wein vom Zinsherren bekommen.‹ So tat er denn auch und lief mit seinem Gelde wie besessen. Um 10 Uhr ungefähr verspürte er einen solchen Hunger, daß er kaum glaubte hinzugelangen, und fragte daher die Leute, welche des Weges kamen, wie weit es noch sei? ›Wenn Ihr gut lauft‹, hieß es, ›so habt Ihr noch eine Stunde!‹ Und wann man denn dort Mittag esse? fragte er noch ängstlich. ›Am Sonntag um 11 Uhr!‹ sagten die Leute. So lief der arme Kerl aus allen Leibeskräften, denn es handelte sich um den langen Rückweg und er trug nicht einen eigenen Batzen in der Tasche. Endlich langte er an, als es eben 11 Uhr läutete, und drang atemlos gleich hinter der anmeldenden Dienstmagd in die Stube, mit seinem Geldsäckchen ein Geräusch erregend. Die Familie saß schon am Tische und die Suppe wurde eben weggetragen. Etwas ungehalten über das Eindringen sagte der Zinsherr: ›Gut, lieber Mann! setzt Euch nur dort auf die Ofenbank und geduldet Euch eine Weile!‹ So setzte er sich erschöpft und wehmütig auf die Bank und sah der Herrschaft zu, wie sie aß und trank, und hörte die Kinder plaudern und lachen und roch den mächtigen Braten, der jetzt hereingebracht wurde. Niemand gedachte seiner, bis zufällig der Herr sich zu ihm wandte und sagte: ›Und was gibt es Neues bei Euch draußen, guter Freund?‹ – ›Nichts Apartes!‹ erwiderte der Schorenhans schnell besonnen, ›als daß merkwürdigerweise diese Woche eine Sau dreizehn Ferkel geworfen hat!‹ Auf diese Worte schlug die Zinsfrau erbarmungsvoll die Hände über dem Kopf zusammen und rief: ›O du lieber Gott! Was machen sie doch aus deiner Weltordnung! Ein Mutterschwein hat ja nur zwölf Zitzchen, wo soll denn das dreizehnte Säulein saugen!‹ Schorenhans zuckte lächelnd die Achsel und erwiderte: ›Es hat's eben wie ich, es muß zusehen!‹ Darüber lachte der Hausherr und rief. ›Frau, laß dem Bauer einen Teller bringen und gib ihm zu essen von allem, was wir gehabt haben!‹ So geschah es, er bekam Suppe, Braten und alles Gute, und der Herr schenkte ihm von dem alten Weine in das Glas und gab ihm ein gutes Trinkgeld, als er fortging.

Ich teile Dir, lieber Mann! diesen Spaß nur deswegen mit, weil mir etwas dabei eingefallen ist. Ich wünschte nämlich, da Du so viele Verbindungen hast, daß Du die kleine Geschichte als einen artigen Beitrag für eines Deiner Unterhaltungsblätter abfassen oder aufsetzen und ein bißchen ausschmücken möchtest, bis sie beträchtlich genug ist. Dann würdest Du, indem Du ja den Zweck angeben könntest, ein kleines Honorar, etwa zehn Franken, dafür verlangen, und diese gäben wir dem Schorenhans, der gewiß eine komische Freude hätte über diesen unverhofften Ertrag seines Einfalls!«

Auf diesen Brief erfolgte von Viggis Seiten ein noch größerer mit folgender Beilage: »Die Sache geht gut, liebes Gritli! Wir können nun keck ausschreiten und wollen uns täglich schreiben, hörst Du, täglich! Vielleicht in einiger Zeit zweimal des Tages, um die Dauer meiner Abwesenheit gut zu benutzen und eine ansehnliche Sammlung zustande zu bringen. Ich denke auch schon auf einen idealen Namen für Dich; denn Deinen prosaischen Hausnamen können wir hier nicht brauchen. Wie gefällt Dir Isidora oder Alwine? Mit Deiner Geschichte vom Schorenhans hast Du nichts erreicht als daß sie mir die doppelte Brieftaxe verursachte; denn erstens ist aus diesem albernen Witze nichts zu machen, und wenn es wäre, so kannst Du doch nicht verlangen, daß ich meine Muse mit dergleichen kleinlichen Angelegenheiten beschäftige! Für eine öffentliche wohltätige Unternehmung ließe sich das eher hören; ich bin auch schon bei einigen solchen ehrenvollen Missionen engagiert. Wenn Du jedoch den Leuten ein paar Franken aus der Tasche magst zukommen lassen, so habe ich nichts dagegen; denn ich möchte Deinem mildtätigen Sinne nicht gerade hinderlich sein. Ich wünschte, daß Du Dich für den Namen Alwine entscheidest.«

Nun ging also die seltsame Briefpost tagtäglich und nach einiger Zeit in der Tat zweimal des Tages. Gritli hatte nun alle Tage vier lange Briefe abzuschreiben, weshalb ihre feinen rosigen Finger fast immer mit Tinte befleckt waren. Sie seufzte reichlich bei diesem ungewohnten Tun, mußte bald lachen, bald weinen über die Einfälle und Mitteilungen der beiden Briefsteller, die durch ihre Hand gingen, und sie unterschrieb die Briefe an Viggi mit Alwine, diejenigen an Wilhelm mit Gritli, wobei sie dachte: der ist wenigstens zufrieden mit meinem armen Namen! Seit einiger Zeit hatte sie bemerkt, daß Wilhelm nicht zum besten mit Papier versehen war, indem er immer andere Farben und Abschnitzel verwandte. Sie kaufte daher ein Paket schönes Briefpapier und legte es ihm hin mit der Anweisung: »Es muß jetzt täglich zweimal geschrieben werden! Fragt nicht warum, kennt mich nicht, seht nicht nach mir! Das Geheimnis wird sich aufklären!«

Sie rechnete fest auf seine Gutherzigkeit, Einfalt und stille Ergebenheit, welche, wenn auch eines Tages enttäuscht, dennoch das Geheimnis bewahren würde, froh darüber, ein solches zu besitzen. So ging denn der Verkehr wie besessen, und an drei Orten häufte sich ein Stoß gewaltiger Liebesbriefe an. Viggi sammelte die vermeintlichen Briefe seiner Frau sorgfältig auf, Gritli verwahrte die Originale von beiden Seiten und Wilhelm bewahrte Gritlis feine Abschriften in einer dicken Brieftasche auf seiner Brust, während er sich um seine eigenen Erzeugnisse nicht mehr kümmerte.

In einer Nachschrift bemerkte Viggi: »Ich habe mit Vergnügen gesehen, daß Spuren von vergessenen Tränen zwischen Deinen Zeilen zu sehen sind (wenn Du nicht etwa den Schnupfen hattest!). Aber gleichviel, ich trage mich jetzt mit dem Gedanken, ob solche Tränen zwischen den Zeilen bei einer allfälligen Herausgabe im Druck nicht durch einen zarten Tondruck könnten angedeutet werden? Freilich, fällt mir ein, müßte dann wohl die ganze Sammlung faksimiliert werden, was sich indessen überlegen läßt.« Wilhelm schrieb dagegen in einem Briefe: »O liebes Herz, es ist doch traurig, so unerbittlich getrennt zu sein und immer mit der schwarzen Tinte zu sprechen, wo man das rote Blut möchte reden lassen! Ich habe heute schon zweimal einen frischen Bogen nehmen müssen, weil mir Tränen darauf gefallen sind, und soeben konnte ich einen dritten nur dadurch retten, daß ich schnell die Hand darauf legte. Wenn Du mich nur ein wenig liebst, so verachtest Du mich nicht wegen dieser Schwachheit!«

Solche Stellen, welche sie nach ihrer Meinung besonders angingen, merzte sie sorgfältig aus der Abschrift; dafür verwechselte sie manchmal die hochtrabenden Anreden: »Teurer Freund meiner Seele!« und dergleichen in den Sendungen an Wilhelm mit vertraulichen Benennungen, wie »mein liebes Männchen« oder »mein gutes Kind«, was sie dann wieder in Reu und Sorgen setzte, während sie die großen, hohlen Worte in den Briefen an den Mann großartig stehen ließ. Kurz, sie wünschte endlich sehnlich die Heimkehr ihres Eheherren, damit alle Gefährde ein Ende nehmen und zum Schluß gebracht werden möchte. Da schrieb er unversehens, seine Geschäfte jeder Art seien nun zu Ende. Allein der Briefwechsel sei nun in einen so glücklichen Zug geraten, daß er noch vierzehn Tage fortbleiben wolle, damit diese Angelegenheit, an welcher ihm sehr viel liege, recht ausgebildet und zur glücklichen Vollendung geführt werden könne. Er werde sich diese zwei Wochen noch ausschließlich damit beschäftigen und ermahne auch sie, getreulich auszuhalten und das Ziel, welches ihr auf immer eine Stelle in den Reihen ausgezeichneter Frauen sichere, bis ans Ende zu verfolgen.

Daher wurde aufs neue geschrieben und geschrieben, daß die Federn flogen. Gritli wurde bleich und angegriffen, denn sie mußte schreiben wie ein Kanzlist; und der Schulmeister magerte ganz ab und wußte nicht mehr, wo ihm der Kopf stand, da er dazu noch in voller Leidenschaftlichkeit schrieb und nicht mehr aus alledem klug wurde. Gritli wagte nicht mehr sich im Garten aufzuhalten, um ihn nicht zu sehen, und wenn sie ihn auf der Straße etwa traf, wagte er seinerseits nicht, sie anzusehen, wie wenn er der Übeltäter wäre.

Viggi indessen, soviel er auch schrieb, ließ sich wohl sein und lebte in allen Stücken wie ein echter Weltfahrer, da er überhaupt gewohnt war, nach der Art mancher Leute, seine Geschäftsreisen als Ausnahmezustand zu betrachten und sich von aller häuslichen Ordnung zu erholen. Jeden Abend führte er eine andere Schöne ins Theater oder auf die öffentlichen Bälle, wobei er die Sucht hatte, sich von jeder die Geschichte ihres Schicksals erzählen und tüchtig anlügen zu lassen. Gegen das Ende wurde er dann regelmäßig gefühlvoll, fand alles höchst bedeutsam, fing an zu notieren und wurde hinter dem Rücken verspottet, während man seinen Champagner trank. Zuletzt jedoch begab er sich auf den Heimweg, nachdem er noch Gelegenheit gefunden, einen guten Handel in Strohwaren abzuschließen.

Auf der letzten Station stieg er aus; da es ein schöner Herbsttag war, wollte er zu Fuß Seldwyla erreichen, das Notizbüchlein in der Hand, um eine »Wanderers Heimkehr« zu studieren und in der goldenen Abendluft einen recht famosen Titel für den Briefwechsel auszudenken. Er war zufrieden mit sich, mit der Welt, mit seiner Frau, mit dem Himmel und trug ein höchst wunderbares Hütchen auf dem Kopf, halb von Stroh, halb von Seide, dessen Band ihm auf den Rücken fiel. »Im Grunde«, sagte er, »braucht es da keinen besonders künstlichen Titel! Das Einfachste wird das Beste sein, etwa, die beiden Namen zusammengezogen, gibt ein famos klingendes Wort: Kurtalwino, Briefe zweier Zeitgenossen! Das ist gut, ganz gut!« Und übermütig froh fing er in dem Gehölz, durch das er ging, plötzlich an zu singen in der Melodie des Rinaldiniliedes: Kurtalwino, rief sie schmeichelnd, Kurtalwino wache auf! Deine Leute sind schon munter, längst ging schon die Sonne auf und so fort. Mit diesem verrückten Gesange weckte er einen schlanken jungen Mann auf, welcher unter einer Tanne saß und, den Kopf auf die Hand gestützt, in tiefen Gedanken in das Tal schaute. Es war Wilhelm, welcher sich auf den ersten Ton von Herrn Störtelers Gesang erhob und davoneilte. Dafür setzte sich dieser an seinen Platz, als er eine dicke Brieftasche dort liegen sah, die jener offenbar vergessen. »Was hat«, sagte er, »dieser Hungerschlucker im Freien zu tun anstatt seine Schulhefte zu mustern? Was Kuckucks hat er hier für ein Archiv bei sich gehabt?« Und ohne weiteres öffnete er das Bündel und fand die Unzahl Briefe Gritlis, welche, obschon auf feines Postpapier geschrieben, doch kaum zusammenzuhalten waren. Er machte sogleich den ersten auf; denn, dachte er, wer weiß, welch interessantes Geheimnis, welche gute Studie hier zu erbeuten ist!

Der Brief fing an: »Wenn sich zwei Sterne küssen« und so fort. Er besah die Handschrift genauer, es war die seiner Frau. Er tat den zweiten Brief auf, den dritten, es waren seine Briefe, er fing von hinten an und stieß genau auf den letzten, welchen er geschrieben, alle waren zierlich abgeschrieben und an den Schulmeister adressiert. Er sprang in die Höhe und rief. »Was Kreuz Millionenhagel ist denn das? Bin ich konfus oder nicht?«

Einige Minuten stand er wie verstört; dann stieß er die Brieftasche mit den Papieren kunterbunt in das Reisetäschchen, das er umgehängt hatte, schwang seinen Stab, drückte sein Hütchen in die Augen, daß das arme Ding knitterte und sich verbog, und schritt gestrengen Schrittes vollends heimwärts. Auf dem Wege lief der Schulmeister ängstlich und hastig an ihm vorüber wieder zurück, offenbar seine Briefe zu suchen. Viggi tat, als sähe er ihn nicht, und ging vorwärts.

Als er durch die Stadt zog, waren die Seldwyler verwundert über seine starre Haltung und daß er niemand grüßte. »Viggi Störteler ist zurück!« hieß es; »jeder Zoll ein Mann! Potz Tausend, da geht er hin!« Er aber drang unaufhaltsam vor und in sein Haus. Dort sah er die Kellertür offen stehen, ging hinein und sah sein Weib einige Äpfel auswählen, das Licht in der Hand. Unversehens trat er vor sie hin, daß sie leicht erschrak und noch etwas blasser wurde. Er bemerkte dies und betrachtete sie einen Augenblick, sie sah ihn auch an und keines sagte ein Wort. Plötzlich nahm er ihr das Licht aus der Hand, riß ihr den Schlüsselbund von der Seite, ging hinaus, schloß die Kellertür zu und steckte den Schlüssel zu sich. Darauf ging er in die Wohnstube hinauf, wo ihr Schreibtischchen stand, ein zerbrechliches kleines Ziermöbel, ihr einst zum Namenstage geschenkt und nicht geeignet, gefährliche Geheimnisse zu beherbergen. Daher brauchte er auch den Schlüsselbund nicht und die Behältnisse öffneten sich von selbst, wie man sie nur recht berührte. In einem Schuhkästchen fand er denn auch seine eigenen Briefe und zu seinem neuen Erstaunen im andern die Originale zu den Briefen seiner Frau, von fremder Hand, ja mit der Unterschrift des Schulmeisters. Er besah einen nach dem andern, machte sie auf und wieder zu und wieder auf und warf alle auf einen runden Tisch, der im Zimmer stand. Dann zog er auch die Briefe aus seiner Reisetasche hervor, beschaute sie auch nochmals und warf sie ebenfalls auf den Tisch; es gab einen ganz artigen Haufen.

Dann ging er mit halb irrem Blick um den Tisch herum, hier und da mit seinem Stock auf die Papiermasse schlagend, daß die Briefe emporflogen. Endlich erschnappte er etwas Luft und sagte: »Kurtalwino! Kurtalwino! fahre wohl, du schöner Traum!«

Als er noch einigemal um den Tisch herumgegangen, stand er still, reckte den Arm mit dem Stocke aus und fuhr fort: »Eine Buhlerin mit glattem Gesicht und hohlem Kopfe, zu dumm, ihre Schande in Worte zu setzen, zu unwissend, um den Buhlen mit dem kleinsten Liebesbrieflein kitzeln zu können, und doch schlau genug zum himmelschreiendsten Betrug, den die Sonne je gesehen! Sie nimmt die treuen, ehrlichen Ergüsse, die Briefe des Gatten, verrenkt das Geschlecht und verdreht die Namen und traktiert damit, prunkend mit gestohlenen Federn, den betörten Genossen ihrer Sünde! So entlockt sie ihm ähnliche Ergüsse, die in sündiger Glut brennen, schwelgt darin, ihre Armut zehrt wie ein Vampyr am fremden Reichtum; doch nicht genug! Sie dreht dem Geschlechte abermals das Genick um, verwechselt abermals die Namen und betrügt mit tückischer Seele den arglosen Gemahl mit den neuen erschlichenen Liebesbriefen, das hohle und doch so verschmitzte Haupt abermal mit fremden Federn schmückend! So äffen sich zwei unbekannte Männer, der echte Gatte und der verführte Buhle, in der Luft fechtend, mit ihrem niedergeschriebenen Herzblut; einer übertrifft den andern und wird wiederum überboten an Kraft und Leidenschaft; jeder wähnt, sich an ein holdes Weib zu richten, während die unwissende, aber lüsterne Teufelin unsichtbar in der Mitte sitzt und ihr höllisches Spiel treibt! O ich begreife es ganz, aber ich fasse es nicht! – Wer jetzt als ein Fremder, Unbeteiligter diese schöne Geschichte betrachten könnte, wahrhaftig, ich glaube, er könnte sagen, er habe einen guten Stoff gefunden für -«

Hier brach er ab und schüttelte sich, da eine Ahnung in ihm aufging, daß er nun selbst der Gegenstand einer förmlichen Geschichte geworden sei, und das wollte er nicht, er wollte ein ruhiges und unangefochtenes Leben führen. – »Wo ist meine Ruhe, meine Fröhlichkeit«, sagte er, »nur bewegt von leichten Geschäftssorgen, die ich spielend beherrschte? Dies Weib zerstört mir das Leben, nach wie vor; ich hielt sie für eine Gans; sie ist auch eine, aber eine Gans mit Geierkrallen!«

Er lachte und rief. »Eine Gans mit Geierkrallen! das ist gut gesagt! Warum fallen mir dergleichen Dinge nicht ein, wenn ich schreibe? Ich werde noch verrückt, es muß ein Ende nehmen!«

Damit ging er hinaus, schloß das Zimmer ab und begab sich aus dem Hause. Auf der Treppe stieß er das Dienstmädchen zur Seite, welches verwundert und ratlos die Herrschaft suchte.

Voll von Ärger und Kummer über die verletzte Eitelkeit und Eigenliebe ging er durch die dunklen Straßen. Die Hauptsache, die verlorene Liebe seiner Frau, schien ihm nicht viel Beschwerde zu machen; wenigstens aß er ein großes Stück trefflicher Lachsforelle auf der Rathausstube, wohin er sich begab und wo die Angesehenen den Samstagabend zuzubringen und die Nacht durchzuzechen pflegten. Dort saß er einsilbig und verwirrt, oder er mischte sich hastig mit fremden Gegenständen ins Gespräch, und beides zog ihm bald Sticheleien zu, da er eine ungewohnte Erscheinung war und die Gesellschaft störte. Er trug immer noch sein neuestes Modehütchen auf dem Kopfe, welches den Herren nicht genehm war. Denn wenn sie auch jede Mode, sobald sie im Zuge war, alsobald mitmachten, so konnten sie die verfrühten Erstlinge derselben nie leiden und hüteten sich überhaupt vor dem Allzuzierlichen und Närrischen. Nun hatte jüngst einer von Paris den Witz heimgebracht, den hohen runden Männerhut Hornbüchse (boîte à cornes) zu nennen, welchen Ausdruck sie mit Jubel aufgriffen. Seither sagten sie statt Deckel, Angströhre, Ofenrohr, Schlosser, Läusepfanne, Grützmaß, noli me tangere, Kübel, Witzschale, Filz und dergleichen für jede Art Hut nur Hornbüchse, und sie benannten Viggis Kopfbedeckung demgemäß ein artiges Hornbüchschen und meinten, seine Hörnchen müßten noch ganz jung, zart und klein sein, ansonst er eine festere Büchse brauchte. Er glaubte, sein Unglück sei also stadtbekannt und sie zielten schnurstracks auf das, was ihn dermal bewege; er spitzte die Ohren, stichelte wieder, um sie zu mehrerem Schwatzen zu verleiten, und hielt mehrere Stunden einen peinlichen Krieg aus, ganz allein gegen die ganze Ratsstube, ohne daß etwas Mehreres herauskam als daß er sich im Zorne betrank und höchst unglückselig wurde. Als er kein anderes Ziel erreichte, gab er ihnen endlich klar zu verstehen, daß er sie samt und sonders für Lumpenkerle halte, worauf sie ihn, nun selber höchlich aufgebracht, hinausfuhrwerkten. Er rückte sich sein armes mißhandeltes Hütchen zurecht und torkelte bitterlich weinend nach seinem Hause, legte sich zu Bett und schlief wie ein Murmeltier, bis es zur Kirche läutete, und er würde noch lange geschlafen haben, wenn ihn nicht Knecht und Magd geweckt hätten mit der Frage und Klage nach der Hausfrau. Da stellten sich ihm alle Erfahrungen des letzten Tages plötzlich dar, verzerrt und vergrößert durch die Verwirrung seines Kopfes; in fürchterlichem Zorn und mit wilden Gebärden raffte er sich auf, rieb sich aber dann die Stirn und besann sich, bis ihm der Kellerschlüssel einfiel. Es war ihm zumut, als ob er seine Frau schon seit Wochen eingesperrt hätte, so sehr war er aus dem Häuschen; aber das dünkte ihn nur desto wichtiger und großartiger, und er eilte mit rollenden Augen, das Gericht zu Ende zu bringen. Er öffnete den Keller, in weichem Gritli totenblaß und erfroren auf einem alten Schemel saß. Sie hatte sich bisher ruhig und still verhalten in der Hoffnung, der Mann werde ohne Zeugen kommen und aufmachen und sie könne alsdann mit ihm reden; denn bei seinem ersten unerwarteten Anblicke hatte sie gefühlt, daß er ihres Mißgriffs in den Briefen bereits inne geworden, ohne daß sie erraten konnte, auf welchem Wege. Wie sie seiner daher nun ansichtig wurde, stand sie auf, ergriff seine Hand und wollte ihn beschwören, nur einige Minuten zuzuhören; doch da sie sah, daß die Dienstboten hinter ihm standen, konnte sie nichts sagen, und überdies nahm er sie sofort beim Arme und führte sie unsanft mit den Worten auf die Gasse hinaus: »Hiemit verstoße und verjage ich dich, verbrecherisches Weib! und nie mehr wirst du diese Schwelle betreten!«

Worauf er die Haustür zuschlug und seine Leute barsch an ihre Geschäfte wies.

Hierauf begab er sich, da seine Munterkeit bereits erschöpft war, wieder ins Bett und schlief abermals wie ein Ratz bis in den Nachmittag hinein.

Vor dem Hause hatte sich schon seit einer Stunde ein Häufchen Nachbarweiber gesammelt, welche die Ausgestoßene neugierig umgaben und mit Lamentieren auf jedem Schritte begleiteten. Sie glaubte vor Erschöpfung, Scham und Verwirrung in die Erde zu sinken, wagte nicht aufzusehen und wandte sich unschlüssig bald auf diese, bald auf jene Seite; denn sie hatte keine Eltern oder Verwandte mehr zu Seldwyla, ausgenommen eine alte Base, welche ihr endlich einfiel. Sie schlug den Weg nach der Wohnung derselben ein und erreichte sie, ohne die vielen Kirchgänger zu sehen, durch welche sie hindurch mußte; es herrschte bei einem Teile der Einwohner gerade wieder eine stärkere religiöse Strömung, welche jedoch nicht hinderte, daß nicht einige vom Wege zum Tempel Gottes abschweiften und mit dem Kirchenbuche in der Hand der irrenden Frau nachliefen.

Gritli wurde übrigens von der Alten gut und sorglich aufgenommen. Nachdem sie sich etwas erholt, fing sie heftig an zu schluchzen, und als auch dies vorüber war, schwur sie, nie mehr in das Haus Viggi Störtelers zurückzukehren, und die Base, schnell beraten, ließ noch am gleichen Tage Gritlis notwendigste Sachen bei ihm abholen.

Als er endlich ausgeschlafen hatte, fühlte er einen gewaltigen Hunger und wollte sich stracks zu Tisch setzen; doch die ratlose Magd hielt nichts bereit und statt mit dem Essen war der Tisch noch mit dem Briefwechsel zweier Zeitgenossen gedeckt. Er tobte aufs neue, befahl sogleich zu kochen, was das Haus vermochte, und verschloß die Briefe bis auf weiteres in sein Pult. Nachdem er gegessen, war er endlich etwas beruhigt und begann seiner Einsamkeit inne zu werden, und erst jetzt wurde es ihm unheimlich; denn nach den Vorfällen der letzten Nacht konnte er nicht einmal Zuflucht in der Gesellschaft seiner Mitbürger suchen. Als vollends eine Person kam und er das lieblich duftende Zeug seiner Frau aus den Schränken herausgeben mußte, liefen ihm die Augen über und er wünschte beinahe, daß sie noch da wäre, und überlegte, ob sich die Übeltat nicht vielleicht verzeihen ließe nach genauerer Prüfung.

Er wartete daher zwei Tage, ob sie nichts von sich hören ließe, und als sie das nicht tat, begab er sich zum Stadtpfarrer, um die Scheidung anhängig zu machen. Über den Versöhnungsversuchen, welche der geistlichen Behörde oblagen, dachte er, werde sich das Ding vielleicht aufklären. Er war aber sehr verwundert, als er vernahm, daß Gritli in gleicher Sache soeben dagewesen sei, und als ihm der Pfarrer bereits mitteilen konnte, wie es mit den Briefen zugegangen sei, wie Gritli ihren Fehlgriff einsehe, denselben aber schon für abgebüßt halte und wegen des Überschusses an Strafe und sonstiger unvernünftigen Behandlung sich von ihm zu trennen wünsche.

Er hielt diese Erzählung für Flausen und gedachte die Sünderin schon noch herumzubringen, ließ also der Sache ihren Lauf. Als er nach Hause kam, fand er einen Brief vor von einer Dame namens Kätter Ambach. Es war dies ein Fräulein von sechs- bis achtunddreißig Jahren, welche seit ihrem vierzehnten Jahre auf allen Liebhaberbühnen zu Seldwyla, sooft deren errichtet worden, die erste Liebhaberin gespielt hatte, und zwar nicht wegen ihrer schönen Gestalt, sondern wegen ihres höhern Geistes und ihrer kecken Vordringlichkeit. Denn was ihre Gestalt betraf, so besaß sie einen sehr langen hohen Rumpf, der auf zwei der allerkürzesten Beinen einherging, so daß ihre Taille nur um ein Drittel der ganzen Gestalt über der Erde schwebte. Ferner hatte sie einen unverhältnismäßigen Unterkiefer, mit welchem sie beträchtliche Gaben von Fleisch und Brot zermalmen konnte, der aber ihr Gesicht zum größten Teile in Kinn verwandelte, so daß dieses wie ein ungeheurer Sockel aussah, auf welchem ein ganz kleines Häuschen ruhte mit einer engen Kuppel und einem winzigen Erkerlein, nämlich der Nase, welche sich vor der vorherrschenden Kinnmasse wie zerschmettert zurückzog. Auf jeder Seite des Gesichts hing eine lange einzelne Locke weit herunter, während am Hinterhaupte ein dünnes Rattenschwänzchen sich ringelte und mit seiner äußersten Spitze stets dem Kamme und der Nadel zu entfliehen trachtete. Denn steckte man eine Nadel hindurch, so ging es auseinander und spaltete sich in eine Schlangenzunge, und zwischen den engsten Kammzähnen schlüpfte es hindurch, hast du nicht gesehen!

Was ihren Geist betrifft, so war er, wie schon gesagt, ein höherer, was man alsobald aus ihrem Schreiben ersehen wird, welches Viggi zu Hause fand:

»Edler Mann!

Es gibt Lagen, welche uns die Rücksichten der beschränkten Alltagswelt vergessen lassen und selbst dem zartern Weibe den Mut geben, ja die Pflicht auferlegen, aus sich herauszutreten und seine edelste Teilnahme offen dahin zu wenden, wo verkannte und mißhandelte Männergröße sich in unverdienten Leiden verzehrt. In einer solchen Lage scheine ich Endesunterzogene mich zu befinden, und über alle kleinlichen Bedenken erhaben durch meine Weltkenntnis wie durch meine Bildung, wage ich es daher mich in der edelsten Absicht Ihnen zu nähern, geehrter Herr! und Ihnen freimütig diejenigen Dienste anzubieten, welche Ihr Unglück vielleicht lindern können! Längst habe ich die Blüten Ihres Geisteslebens im stillen bewundert und um so inniger in mich aufgenommen als ich darüber trauerte, daß ein Mann wie Sie so unverstanden und einsam in dieser barbarischen Gegend bleiben muß. Um so vertrauter und glücklicher, dachte ich, muß er im Allerheiligsten seiner Häuslichkeit, an der Seite einer seelenvollen Gattin sich fühlen! Nun steht auch Ihr Haus verödet, eine peinliche Kunde durchschweift unsere Stadt – verzeihen Sie, wenn ich hier den Schleier edler Weiblichkeit vorziehe! Um es kurz zu sagen: sollten Sie in Ihrer jetzigen Verlassenheit der Teilnahme eines mitfühlenden Herzens, des ordnenden Rates und der Tat einer sorglichen weiblichen Hand irgendwie bedürfen, so würde ich Sie bitten, mir die Freude zu machen und ganz ungeniert über meine Zeit und meine Kräfte zu verfügen; denn ich bin durchaus unabhängig in der Verwendung meiner Muße und könnte täglich leicht das ein und andere Stündchen Ihren Angelegenheiten widmen. Gewiß, wenn auch Ihr starker Geist keiner erleichternden Mitteilung bedarf, so ist dafür Ihr Haushalt dann und wann der vorsorgenden Aufsicht um so bedürftiger; das weiß der sichere Takt gebildeter Frauen noch besser als der rohe Instinkt jener platten Weiber es ahnt, und so werde ich mir es nicht nehmen lassen, heute oder morgen persönlich an Ihrem verwaisten Herde zu erscheinen, um Ihre etwaigen Wünsche und Bedürfnisse entgegenzunehmen. Sobald Ihre Verhältnisse wieder glücklicher geord-

net sind, werde ich mich mit der edelsten Uneigennützigkeit sogleich zurückziehen in die geweihte Stille meines Arbeitszimmers.

Genehmigen Sie die herzlichste Versicherung der aufrichtigsten
Hochachtung, womit ich mich zeichne

Ihre ergebenste Käthchen Ambach.«

Als Viggi diesen Brief gelesen, beschlich ihn eine sehr gemischte Empfindung. Er war wie alle Welt gewohnt gewesen über die Kätter zu lachen und hegte nicht die angenehmsten Vorstellungen von ihrem Äußern. Und doch war es ihm, als ob er schon lange nur auf einen solchen Brief gewartet habe, als ob hier eine Stimme aus einer besseren Welt sich hören ließe, als ob hier ein verständnisvolles Gemüt sich vor ihm enthülle. Indem er so darüber brütete, erschien Kätter selbst.

Sie trug ein Kleid von schwarzem Baumwollsammet, einen roten Shawl und ein rundes graues Hütchen mit einer Feder. Diese Erscheinung bestach ihn plötzlich, und als sie nun ihm schweigend die Hand gab und ihn mit einem wehmütig tröstenden Blick ansah, da vergaß er vollends, daß er jemals über diese Person gelacht; vielmehr fand er sich sogleich trefflich in die Weise hinein.

Die Unterredung, welche zwischen diesen beiden Geistern nun erfolgte, ist nicht zu beschreiben; genug, als sie zu Ende war, fühlte Viggi sich getröstet und durchaus für Kätter eingenommen. Am meisten hatte sie ihn gerührt, als er ihr die Geschichte mit den Briefen erzählte und den ganzen Haufen vorwies. Sie hatte kein Wort erwidert, sondern nur geseufzt und einige stille Tränen vergossen, und zwar ziemlich aufrichtig, weil sie bedachte, wieviel weiser und geschickte sie für eine solch glückliche Stellung eingerichtet gewesen wäre; denn sie schrieb für ihr Leben gern Briefe.

Zum Schlusse stellte sie mit der Magd ein Verhör an, besichtigte die Küche, gab einige überflüssige Anweisungen und stieg endlich, das Kleid aufnehmend, mit großen Umständen und laut sprechend die geräumige Treppe hinunter, welche ihr, verglichen mit ihrer Hühnerstiege zu Hause, ausnehmend wohl gefiel. Der angehende Witwer begleitete sie bis auf die Straße, und es fand ein gespreizter und ansehnlicher Abschied statt.

»Berg und Tal kommen nicht zusammen, aber die Leut!« sagte ein Seldwyler, der eben vorbeiging und den stattlichen Auftritt besah.

Der Unglücklichste von allen war Wilhelm, der Schulmeister. Er hatte sich halbwegs ein Herz gefaßt und gesucht, mit Frau Gritli zu sprechen; allein es mißlang ihm gänzlich, da sie sich nirgends blicken und nichts von sich hören ließ. Da schrieb er einen Brief an sie, in welchem er den Hergang mit seiner Brieftasche erzählte und sie um Aufschluß bat, wie er sich zu ihrem Besten zu verhalten habe? Weiter wagte er nichts mehr zu schreiben als daß er alles tun wolle, was sie für gut erachte. Diesen Brief trug er mehrere Stunden weit auf die Post und erhielt darauf nur wenige Zeilen zur Antwort, des Inhalts: Er solle sich ganz ruhig verhalten, bis er gerichtlich befragt würde; dann solle er sagen, was er wüßte, nicht mehr und nicht weniger, nämlich er habe auf ihren Wunsch die Antworten auf die ihm mitgeteilten Briefe geschrieben.

So sich selbst überlassen, von allerlei Gerüchten gequält und in voller Ungewißheit, was alles das zu bedeuten habe, getraute er sich nicht einmal mehr vor seine Türe hinaus, um sein Gärtchen zu besorgen, und der rüstige Briefsteller empfand nun eine nicht unverdiente Furcht vor allem, was in dem Hause des Nachbar Viggi lebte und webte.

Während so die beschuldigten Sündersleute sich niemals sahen, lebten Störteler und die Kätter bald im vertrautesten Umgange. Sie besuchte täglich zweimal sein Haus und gab sich in der ganzen Stadt das Ansehen, als ob sie aus reiner Aufopferung den Mann aus den traurigsten Zuständen, wenigstens aus dem Gröbsten, erretten müßte. Dabei schilderte sie, wo sie hinkam, die von Gritli hinterlassene Ordnung als die schlimmste, kehrte auch richtig in Viggis Hause das Unterste zu oberst, indem sie alle Möbeln anders stellte, in alle Ecken Efeuranken anbrachte, die schönen Vorhänge zerschnitt und wunderliche gezackte Fähnchen daraus machte. Unter dem Vorwande des Ordnungschaffens leerte sie alle Schränke aus und wühlte besonders in Gritlis stattlicher Aussteuer herum, die noch im Hause war. Auch kommandierte sie die Küche; Viggi war erstaunt und erfreut, immer frisches Fleisch zu genießen und nie aufgewärmtes Gemüse zu sehen; denn Kätter aß in der Küche das kalte Fleisch mit großen Stücken Brot, und wenn nichts anderes da war, so tat sie die Fettscheiben von der Bratenbrühe auf das Brot. Ebenso aß sie halbe Schüsseln voll kalter Bohnen, Kohlrabi und Kartoffeln, und sechs große Töpfe, welche Gritli noch mit eingemachten Früchten gefüllt, hatte sie in weniger als vier Wochen ausgehöhlt, aber auch vollkommen. Nach diesen Taten setzte sie sich auf ein Stündchen zu Viggi, tröstete ihn, las mit ihm seine Arbeiten durch, schwärmte mit ihm und wußte ihn gegen seine Frau aufzustacheln, ohne den Anschein zu haben, und endlich packte sie noch sein neuestes Schriftstellerwerk ein, um es die Nacht durchzustudieren. Überdies schleppte sie lernbegierig von seinen Büchern nach Hause, was sie unter den Arm fassen konnte, las aber dort nur die kurzweiligsten Sachen daraus, wie Kinder, welche die Rosinen aus dem Kuchen klauben.

Unter diesen Umständen war es nicht zu verwundern, wenn die Schlichtungsversuche der Behörden keinen Erfolg hatten und der Endprozeß der Scheidung endlich heranrückte. Frau Gritli wurde nicht im mindesten geschont, indem eine ziemliche Anzahl Zeugen, deren Auffindung Kätter Ambach betrieben hatte, vernommen wurden. Auch Wilhelm wurde wiederholt verhört, aber alles dies ergab nichts, was die beiden Übeltäter belasten konnte. Nur ein Kind hatte mehrmals die Briefe in die Hecke tun oder daraus nehmen sehen; aber dieser briefliche Verkehr wurde von Gritli und Wilhelm selbst eingestanden.

So erschien denn der große Gerichtstag und Viggi hielt eine strenge und beredte Anklage. Er schilderte auf das anmutigste sein edles, geistiges Streben, wie er mit heiliger Mühe gesucht habe, seine Gattin an demselben teilnehmen zu lassen und jene Harmonie in der Gesinnung zu erringen, ohne welche ein glückliches Ehebündnis unmöglich sei; wie sie aber erst durch eigensinniges Verharren in der Unwissenheit und Geistesträgheit ihm das Leben verbittert, dann durch schlaue Verstellung ihn getäuscht und endlich während seiner mühevollen Geschäftsreisen, die er sich durch einen innigen und gebildeten Briefwechsel mit der Gattin habe erleichtern und erheitern wollen, zum förmlichsten Treubruch geschritten sei und die empörendste Komödie mit dem vertrauensseligen Gatten gespielt habe! Er überlasse zutrauensvoll den Richtern zu beurteilen, ob das fernere Zusammenleben mit einer solchen mit Geierkrallen bewaffneten Gans möglich sei!

Mit diesem schimpflichen Trumpf, den er sich nicht versagen konnte, schloß er seinen Vortrag. Ein allgemeines leises Gelächter erfolgte darauf; die gekränkte Frau verhüllte ihr Gesicht einige Augenblicke und weinte. Doch dann erhob sie sich und verteidigte sich mit einer Entrüstung und mit einer Beredsamkeit, welche ihren eiteln Mann sogleich in Erstaunen setzte und in die größte Beschämung.

Ob sie roh und unwissend sei, könne sie selbst nicht beurteilen, sagte sie, aber noch seien die Lehrer und die Geistlichen alle am Leben, welche sie erzogen, denn es sei noch nicht so lange her, daß sie ein Kind gewesen. Ihr Mann habe sie als ein einfaches Bürgermädchen geehelicht und sie ihn als einen Kaufmann und nicht als einen Gelehrten und Schöngeist. Nicht sie habe ihren Charakter geändert, sondern er, und bis dahin habe sie treulich und zufrieden mit ihm gelebt und er scheinbar mit ihr. Selbst als er seine neuen Künste angefangen, wie jedermann bekannt sei, habe sie nicht mit den Leuten darüber gelacht, sondern, als sie gesehen, daß es sich um den häuslichen Frieden handle, sei sie ehrlich beflissen gewesen, in seine Weise einzugehen, solange nur immer möglich, ungeachtet der peinlichen und wenig rühmlichen Lage, in welche sie dadurch geraten. Zuletzt aber habe er das Unmögliche von ihr verlangt, nämlich ihre Frauengefühle in einer geschraubten und unnatürlichen Sprache und in langen Briefen für die Öffentlichkeit aufzuschreiben und, statt ihrem häuslichen Leben nachzugehen, die schöne Zeit mit einer ihr fremden und widerwärtigen, nutzlosen Tätigkeit zu verbringen. Nicht sie habe sich der Verstellung hingegeben, sondern gerade er, indem er, bei trockenen und durchaus nicht begeisterten Gewohnheiten, sich selbst und sie damit gezwungen habe, eine höchst lächerliche Komödie in Briefen zu spielen. Dennoch habe sie, von ihm geängstigt und in der Hoffnung, diese ganze Störung werde um so eher vorübergehen, ihn zufriedenzustellen gesucht, allerdings auf einem in der Not und Verwirrung falsch gewählten Wege, wie sie unverhohlen bekenne.

Jede Frau in Seldwyla wisse, daß der junge Lehrer Wilhelm ein ebenso verliebter als bescheidener, schüchterner und ehrbarer Mensch sei, mit welchem man zur Not einen unschuldigen Scherz ausführen könne, ohne in eine bedenkliche Stellung zu geraten. Um so eher habe sie geglaubt, eine harmlose List gebrauchen und ihm die Beantwortung der Briefe ihres Mannes aufgeben, ja förmlich bestellen zu können, wie man öfter schriftliche Arbeiten und namentlich auch Liebesbriefe durch Schullehrer anfertigen lasse; sie berufe sich hierin auf manch wackeres Dienstmädchen. Nicht sie habe die zu beantwortenden Briefe verfaßt, sondern Störteler, und hiemit sei wohl die Anklage der Untreue kurz abgeschnitten. Der Handel gehöre nach ihrer Meinung und nach ihren schwachen Begriffen vor ein literarisches Gericht und nicht vor ein Ehegericht. Dennoch habe sie sich dem letztern unterzogen, weil das Geschehene ein unvermutetes Licht über den innern Zustand dieser Ehe aufgesteckt habe. Sie empfinde keine Zuneigung mehr für Herrn Störteler, für sie Grund genug, da die Dinge einmal so weit gediehen, ebenfalls auf gänzlicher Trennung zu bestehen.

Obgleich das Gericht, da sich der Treubruch als ein bloßes äußerliches Fehlgreifen herausstellte, wenigstens für ein streng altväterisches Ehegericht, nun die Scheidung nicht hätte aussprechen müssen, so machte es den Herren und der ganzen Stadt zu viel Spaß, den armen Viggi seiner schmucken und feinen Frau zu berauben und ihn mit der komischen Kätter zusammenrennen zu lassen als daß sie die Scheidung nicht ausgesprochen hätten. Sie ward also erkannt auf Grund unvereinbarer Neigungen und Gewohnheiten, roher Mißhandlung von Seite des Mannes, wie Einsperrung in den Keller und rücksichtslose Ausstoßung auf die Straße, und leichtsinniger Fehlgriffe der Frau, wie der Briefverkehr mit dem Lehrer. Doch solle die Frau als unbescholten und unverdächtig gelten, jeder Teil in seinem Vermögen bleiben und zu keinerlei Leistungen verpflichtet sein, so daß Störteler das Vermögen Gritlis, das sie zugebracht, von Stund an herauszugeben oder sicherzustellen habe.

Viggi ging mehr niedergeschlagen als fröhlich nach Hause und wunderte sich selbst darüber, da er doch nun frei war von der bedrückenden Last einer geistesträgen und nichtsnutzigen Hausfrau. Allein es fehlte ihm nicht an Aufklärungen und Erläuterungen; denn schon unter der Tür des Gerichtshauses riefen ihm einige Herumsteher zu: »O du Erznarr! Du mußt Tinte gesoffen haben, daß du ein solches Weibchen kannst fahren lassen! Und das artige Vermögen, die runden Schultern, der treffliche Anstand!« – »Hast du gesehen«, sagte einer zum andern, »wie auf allen Seiten glänzende Locken unter ihrem Hute hervorrollten?« – »Ja!« erwiderte der, »und hast du gesehen den allerliebsten Zorn, das sanfte Feuer, das noch in ihren lachenden Augen brannte? Wahrlich, wenn ich die hätte, ich machte sie alle Tage bös, nur um sie in ihrem Zorne dann abküssen zu können! Nun, Gott sei Dank, die wird jetzt schon noch an einen Kenner geraten!«

Auf dem Wege rief jemand: »Da geht einer, der wirft Aprikosen aus dem Fenster und ißt Holzäpfel!« – »Wohl bekomm's ihm!« antwortete es von der anderen Seite. Ein Schuster rief. »Der gibt dem Quark eine Ohrfeig und meint, er sei ein Fechtmeister!« Und ein Knopfmacher: »Laßt ihn, er ist halt ein Grübler, es gibt aber verschiedene Grübler, es gibt auch Mistgrübler.« Der Kupferschmied endlich, der mit dem Werg in einer verzinnten Pfanne herumfuhr, setzte hinzu: »Er hat's wie der Teufel; ich muß mich verändern! sagte der, nahm eine Kohle unter den Schwanz und setzte sich auf ein Pulverfaß.«

Diese Reden kränkten und betrübten den Viggi über die Maßen; er trat recht mutlos in seine Stube und verfiel in große Traurigkeit. Allein bald zerstreuten sich diese Wolken vor der Sonne, die ihm aufging. Kätter Ambach trat herein in flottem Taffetkleide, geschmückt mit einem dünnschaligen, brüchigen, goldenen Ührchen, das seit fünfzehn Jahren nie aufgezogen war, weil es längst keine Feder mehr in sich barg. Sie warf das Tuch ab und setzte sich, seine Hand teilnehmend ergreifend, neben Viggi auf das Sofa; sie bestrickte ihn völlig und das treffliche Paar wurde stracks einig, sich zu heiraten und das Musterbild einer Ehe im Geist und schöner Leidenschaft darzustellen. So hatte sich die lustige Kätter glücklich zur Braut gemacht; sie blieb gleich zum Essen da und sie trieben ein solches Karessieren, daß die Magd, welche der früheren Frau anhing, sich schämte. Sie bespitzten sich leicht in Viggis bestem Weine und zogen am Nachmittage Arm in Arm durch die Straßen, bis sie endlich in Kätters Wohnung einmündeten, einige Bekannte zusammenriefen und die Verlobung feierten. Das Beste war, daß Kätters alte Mutter bei dieser Gelegenheit reichliches Essen und Trinken herbeischleppen sah und sich seit langen Jahren einmal satt essen konnte, denn sie hatte seit dreißig Jahren nur besorgt sein müssen, die heißhungrige Tochter zu füttern, und derselben mehr zugesehen als selbst gegessen. Doch da Kätter endlich noch einen wohlhabenden Schwiegersohn ins Haus führte, dachte sie nun gern zu sterben, weil die Tochter, die nichts zu arbeiten wußte, nicht verlassen und hilflos in der Welt zurückblieb. So ist jedes Unwesen noch mit einem goldenen Bändchen an die Menschlichkeit gebunden.

Die Hochzeit wurde sobald als möglich gehalten, glänzend, reichlich und geräuschvoll; denn Kätter wollte diese Aktion in allen Einzelheiten recht durchgenießen und sich als den holden Mittelpunkt eines großen Festes sehen, und Viggi benutzte die Gelegenheit, indem er eine Menge Menschen einlud, sich mit den gut bewirteten Mitbürgern wieder auf einen bessern Fuß zu stellen. Die neue Frau Störteler war nicht gesonnen, ein stilles und beschauliches Leben zu führen, sondern veranlaßte ihren Mann, die Lustbarkeit, welche mit der Hochzeit begonnen, fortzusetzen, alle Gesellschaften mit ihr zu besuchen, sein eigenes Haus aufzusperren und im vollen Galopp zu fahren.

Er befand sich übrigens herrlich dabei und lebte zufrieden mit ihr in solchem Trubel, denn überall gab sie ihn für ein Genie aus und machte ihn allerorten zum Gegenstande des Gesprächs, bezog alles auf ihn und nannte ihn nur Kurt.

»Mein Kurt hat dies gesagt und jenes geäußert«, sagte sie alle Augenblicke; »wie hast du dich doch neulich ausgedrückt, lieber Kurt? es war zu köstlich! Ich muß dich nur bewundern, bester Kurt, daß du nicht gänzlich abgespannt bist bei deinen Arbeiten und Studien! Ach! ich fühle recht die schwere Pflicht und was eine Gattin einem solchen Manne sein könnte und sollte! Wollen wir auch nicht lieber nach Hause gehen, guter Kurt? Du scheinst mir doch müde; wickle ja deinen Plaid recht um dich, mein Kind! Heute darfst du mir aber nicht mehr schreiben, wenn wir heimkommen, das sage ich dir schon jetzt!«

Alles dies schwatzte sie vor vielen Leuten und Viggi schlürfte es ein wie Honig, nannte seine Frau dafür »mein kühnes Weib« oder »trautes Weib« und stellte sich leidend oder feurig, je nach den Reden seiner kurzbeinigen Fama.

Den Seldwylern aber schmeckte alles das noch besser als Austern und Hummersalat, ja ein gebratener Fasan hätte sie schwerlich weggelockt, wo Viggi und Kätter sich aufspielten. Für Jahre waren sie mit neuem Lachstoff versehen; doch benahmen sich die abgefeimten Schlingel mit der äußersten Vorsicht, um das Vergnügen zu verlängern, und es entstand daraus eine neue Übung, nämlich einen tollen Witz vorzuschieben und scheinbar über diesen zu lachen, wenn die Mundwinkel nicht mehr gehorchen wollten. Es wurde stets ein Vorrat solcher Schwänke in Bereitschaft gehalten, vermehrt und verbessert, und gedieh zuletzt zu einer Sammlung von selbständigem Werte. Es gab Seldwyler, Handwerker und Beamte, welche Tage, ja Wochen über der Erfindung und Ausfeilung eines neuen Geschichtchens zubringen konnten. Schien der Schwank gehörig durchdacht und abgerundet, so wurde er erst in einem Kneipchen probiert, ob die Pointe die rechte Wirkung täte, und je nach Befund, oft unter Zuziehung von Sachverständigen, nochmals verbessert, nach allen Regeln eines künstlerischen Verfahrens. Wiederholungen, Längen und Übertreibungen waren strenge verpönt oder nur statthaft, wenn eine besondere Absicht zugrunde lag.

Von diesem gewissenhaften Fleiße besaß Viggi keine Ahnung. Mit bedauerndem Hochmut saß er in der Gesellschaft, wenn dergleichen vorgetragen wurde und das Gelächter von ihm ablenkte. »Wie glücklich ist man doch zu preisen«, sagte er zu seiner Gemahlin, »wenn man über solche Kindereien hinweg ist und etwas Höheres kennt!«

Auf diesem Höheren fuhr er nun mit vollen Segeln dahin, aufgeblasen durch den gewaltigen Odem seiner Frau. Und er fuhr so trefflich, daß er binnen Jahr und Tag mit Kätters Hilfe da landete, wo es den meisten Seldwylern zu landen bestimmt ist, besonders da sein Kapital mit Gritlis Vermögen aus dem Geschäfte geschieden war. Statt diesem obzuliegen, trieb er mit einer Handvoll ähnlicher Käuze, die er im Lande aufgegabelt, eine wilde und schülerhafte Literatur, welche so neben der vernünftigen Welt herlief und sich mit ewigen Wiederholungen als etwas Nagelneues und Unerhörtes ausgab, obgleich sie nur an weggeworfenen Abschnitzeln kaute oder reinen Unsinn hervorbrachte. Gegen jeden, der sich nicht auf ihren zudringlichen Ruf stellte, wurde der Spieß gedreht und der einzelne als bösartige und feindliche Clique bezeichnet. Sie selbst verachteten sich gegenseitig unter der Hand, und Viggi, der sonst ein so einfaches und sorgloses Leben geführt, war jetzt nicht nur von Sorgen und Verwickelungen, sondern auch von törichten Leidenschaften und den Qualen des gehänselten und ohnmächtigen Ehrgeizes geplagt. Bereits machte es ihm Beschwerde, das Postgeld zu erlegen für all die inhaltlosen Briefe, für die gedruckten oder lithographierten Sendschreiben, Aufrufe und Prospekte, die täglich hin und her flogen und weniger als nichts wert waren. Seufzend

schnitt er schon die Frankomarken von dem immer kürzer werden-
den Riemchen, während die soliden, einträglichen und frankierten
Geschäftsbriefe immer seltener wurden. Endlich hatte er überhaupt
keine Marken mehr im Hause und Kätter ging gemäß ihrer Mission
mit den Sachen auf die Post, um sie dort zu frankieren; aber sie warf
die Briefe in den Kasten und vernaschte das Geld. War es Vormit-
tag, so ging sie in den Wurstladen und aß einen Schweinsfuß; nach
Tische dagegen besuchte sie den Zuckerbäcker und aß eine Ap-
feltorte. Dafür bekam Viggi dann von den rachsüchtigen Korres-
pondenten doppelt so viele unfrankierte Zusendungen mit »Gruß
und Handschlag« und heimlichen Verwünschungen.

Während dieser Zeit war Gritli wie von der Erde verschwunden.
Man sah sie nirgends und hörte nichts von ihr, so eingezogen lebte
sie. Wenn sie ausging, so trat sie aus der Hintertür ihres Hauses,
welches an der Stadtmauer lag, ins Freie und machte einsame Spaziergänge; auch war sie öfter abwesend, manchmal monatelang, wo
sie sich dann an andern Orten bescheidentlich erholen und ihrer
Freiheit freuen mochte. In Seldwyla war sie für keinen Freier zu
sprechen; doch hieß es mehrmals, sie habe sich auswärts von neuem
verlobt, ohne daß jemand etwas Näheres wußte. Daß sie sich auch
nichts um Wilhelm zu kümmern schien und ihn niemals sah, wunderte niemand; denn niemand glaubte, daß sie ernstlich dem armen
jungen Menschen zugetan gewesen sei.

Desto schlimmer erging es ihm. Von ihm zweifelte keiner, daß er
nicht bis über die Ohren in Gritli verliebt sei, und Männer wie Frau-
en nahmen es ihm äußerst übel, die Augen auf sie gerichtet zu haben, während er zugleich wegen seiner leichtgläubigen Briefstellerei
verhöhnt wurde. Sogar die Mädchen am Brunnen sangen, wenn er
vorüberging:

Schulmeisterlein, Schulmeisterlein,
Des Nachbars Äpfel sind nicht dein!

Er schämte sich auch gewaltig und zwar nicht so sehr vor den
Leuten als vor sich selbst. Die Art, wie ihn Gritli vor Gericht hinge-
stellt hatte, war ihm als ein Stich ins Herz gegangen, öffnete ihm,
wie er meinte, die Augen über sich und die Weiber, und er stieß die
ganze Schar von nun an aus seinen Gedanken. Also ging er in sich,

ließ alle Narrheit fahren und wandte sich mit Fleiß und Liebe seinen Schulkindern zu. Aber im besten Zuge ging just seine Amtsdauer zu Ende, da er nur Verweser und nicht fest angestellt war. Wie er nun aufs neue gewählt werden sollte, wußte der Stadtpfarrer als Vorstand der Schulpflege seine Bestätigung bei den Behörden zu hintertreiben, indem er Bericht erstattete von Wilhelms Verwicklung in einem bedenklichen Ehehandel und den jungen Sünder einer heilsamen Bestrafung empfahl. Er haßte den Schulmeister wegen seines Unglaubens und seiner mythologischen Hantierungen; denn er wußte nicht, daß Wilhelm sich zum alleinigen und wahren Gott bekehrt hatte, sobald er sich geliebt glaubte. So wurde er für zwei Jahre außer Amts gesetzt und stand brot- und erwerblos da.

Er schnürte darum sein Bündel, um anderwärts ein Unterkommen zu suchen, und zwar entschloß er sich in seinem Reumut, sich in die Dunkelheit zu begeben und als ein armer Feldarbeiter bei den Bauern sein Brot zu verdienen; denn als der Sohn einer verschwundenen Bauernfamilie aus der Umgegend kannte er die ländlichen Arbeiten, denen er sich von Kindesbeinen auf hatte unterziehen müssen. In dieser Absicht wanderte er an einem trüben Märzmorgen über den Berg; als er aber auf die Höhe gekommen, verwandelte sich der feuchte Nebel in einen heftigen Regen; Wilhelm sah sich nach einem Obdach um, da er hoffte, der Regen würde bald vorübergehen. Er bemerkte in einiger Entfernung ein Rebhäuschen, welches zu oberst in einem großen Weinberge stand, am Rande des Gehölzes. Das Vordach dieses Winzerhäuschens gewährte guten Schutz und er ging hin, sich auf die steinerne Treppe darunter zu setzen. Es war ein malerisches altes Häuslein mit einer Wetterfahne und runden Fensterscheiben. Das Vordach ruhte auf zwei hölzernen Säulen, die Treppe war mit einem eisernen Geländer versehen und bildete zugleich einen Balkon, von welchem man, wenn es schön war, weit ins Land hinein sah, nach Süden und Westen in die Schneeberge. Das Holzwerk und die Fensterläden waren bunt bemalt, alles jedoch etwas verwittert und verwaschen.

Wie er so da saß, regte sich's in der kleinen Stube, die Tür tat sich auf und der Eigentümer des Weinberges trat heraus und lud Wilhelm ein, ins Innere zu kommen und mit ihm gemeinschaftlich den Regen abzuwarten. Es stand eine Flasche mit Kirschgeist auf dem

Tisch; der Mann holte noch ein Gläschen aus einem Wandschränkchen und füllte es für seinen Gast. »Brot habe ich keines hier oben«, sagte er, »doch wollen wir eine Pfeife zusammen rauchen!« Er holte also aus dem Schränklein zwei neue lange Tonpfeifen nebst gutem Knaster; denn es war bei den Männern von Seldwyla, da ihnen die Zigarren verleidet waren, soeben Mode geworden, wieder würdevoll aus altertümlichen Tonpfeifen zu rauchen wie holländische Kaufherren.

Dieser Seldwyler, obgleich er ein Tuchscherer war, hatte den Einfall bekommen, Landwirtschaft zu treiben, weil deren Erzeugnisse hoch im Preise standen und die Betreibung zahlreiche Spaziergänge veranlaßte. Der Weinberg bildete mit mehreren großen Wiesen und einigen Bergäckern eine ehemalige Staatsdomäne, welche der Tuchscherer gekauft, und er war jetzt hinaufgestiegen, um den Zustand der Reben zu untersuchen, weil die Frühlingsarbeit in denselben beginnen sollte. Er fragte Wilhelm, wo er hin wolle, was er im Sinne habe; denn er wußte noch nichts von seiner Absetzung. Wilhelm sagte, daß er bei Landleuten sein Auskommen suchen wolle, indem er ihnen in allem an die Hand gehe, was zu tun sei; da er nicht viel bedürfe, so hoffe er, sich im stillen durchzubringen. Der Tuchscherer wunderte sich hierüber und drang weiter in ihn, bis er die Ursache von des Schulmeisterleins Auszug erfahren.»Das ist«, sagte er, »ein recht hämischer Streich von dem Pfaffen, der eine Kinderei nicht von einer Schlechtigkeit unterscheiden kann. Wir wollen ihm übrigens sein ewiges Gehätschel und Getätschel mit seinen Unterweisungsschülerinnen auch einmal abschaffen; die Hübschen und Feinen hält er sich allfort dicht in der Nähe, die Buckligen aber, die Einäugigen und die Armseligen setzt er in den Hintergrund und spricht kaum mit ihnen, und das ist ärgerlicher als Eure ganze Briefschreiberei. Wenn diese Stilübungen ihm übel angebracht schienen, so ist uns sein Schönheitssinn noch weniger am rechten Ort! Aber verstehen Sie denn etwas von der Feldarbeit und den ländlichen Dingen überhaupt?«

»O ja, ziemlich!« antwortete Wilhelm, »ich habe während der Krankheit meiner verstorbenen Eltern alles gemacht und bin erst im achtzehnten Jahre, als sie gestorben und unser Gut verkauft wurde, mit dem kleinen Vermögensreste ins Lehrerseminar gegangen; es sind erst fünf Jahre seither, und im Seminar mußten wir auch Feldarbeit betreiben.« – »Und warum wollen Sie nicht lieber Ihre Kenntnisse benutzen und eine bessere Tätigkeit suchen als den Bauern zu dienen?« fragte jener; allein Wilhelm hatte seinen Entschluß gefaßt und war nicht aufgelegt, sich mit dem Manne weiter über seine Lage einzulassen.

Indessen hatte sich der Regen wirklich gelegt und die Sonne beschien sogar die weite Gegend. Der Eigentümer schickte sich an, den Weinberg zu besehen, und forderte Wilhelm auf, ihm noch eine

Stunde Gesellschaft zu leisten, weil er für heute noch weit genug kommen würde.

In den Reben sah der Seldwyler, daß Wilhelm in diesen Dingen ebenso sichere Kenntnis als guten Verstand besaß, und als er hier und da eine Rebe schnitt und aufband, um seine Meinung zu zeigen, erwies sich auch eine geübte Hand. Er ging daher mit ihm auch in die Matten und Äcker und befragte ihn dort um seine Meinung. Wilhelm riet ihm kurzweg, die Äcker ebenfalls wieder in Matten umzuschaffen, was sie früher auch gewesen seien; denn was an Ackerfrüchten hier oben gedeihe, sei nicht der Rede wert, während vom Walde her genug Feuchtigkeit da sei, die Wiesen zu tränken. Dadurch würde ein Viehstand erhalten, der an Milch und verkäuflichen Tieren schönen Vorteil verspräche, schon die Herbstweide allein sei reiner Gewinn. Das leuchtete dem Tuchscherer ein; er besann sich kurze Zeit, worauf er dem Lehrer antrug, in seinen Dienst zu treten. Er solle arbeiten, was er leicht möge, und im übrigen das Gut in Ordnung halten und alles beaufsichtigen. Was er irgend zu verdienen gedächte, das wolle er ihm auch geben und ihn darüber hinaus noch mit Rücksicht behandeln. Wilhelm bedachte sich auch einige Minuten und schlug dann ein, aber unter der Bedingung, daß er in dem Rebhäuschen auf dem Berge wohnen dürfe und nicht in der Stadt zu verkehren brauche. Das war jenem sogar lieb, und so hatte der Flüchtling schon am Beginne seiner Wanderschaft ein Obdach gefunden.

Der Tuchscherer ließ noch denselben Tag ein Bett hinaufbringen und etwas Lebensmittel, welche von Zeit zu Zeit erneuert werden sollten. Eine kleine Küche war vorhanden, um zur Zeit der Weinlese sieden und braten zu können; ebenso enthielt das Erdgeschoß einen Vorratsraum und unter der Treppe war mit wenig Mühe ein Ziegenstall hergestellt für eine solche Milchträgerin. So ward Wilhelm plötzlich zu einem einsiedlerischen Arbeitsmanne und fügte sich mit Geschick und Fleiß in seine Lage. Er ließ die Äcker von den Tagelöhnern, welche der Tuchscherer anstellte, sorgfältig zubereiten und besonders die Steine hinaustragen und besäte sie mit Heusamen. Die Reben bearbeitete er fast ganz allein und kam damit zu Ende, ehe man es gedacht; wie es denn öfter vorkommt, daß solche, die ausnahmsweise oder nach langer Unterbrechung ein Werk beginnen, im ersten Eifer mehr vor sich bringen als die immer dabei sind. In wenigen Wochen gewann er Zeit, sich zunächst dem Häuschen ein Gemüsegärtchen anzulegen, um etwas Kohl und Rüben mit dem Fleische kochen zu können, welches man ihm wöchentlich zweimal schickte. In einer dunklen Nacht holte er sich sogar in der Stadt Schößlinge von seinen Nelken und Levkojen und setzte sie, wo sich ein Raum bot; um das Gärtchen her zog er eine Hecke von wilden Rosen, an Geländer und Säulen empor ließ er Geißblatt ranken, und als der Sommer da war, sah das Ganze aus fast so bunt und zierlich wie ein Albumblatt.

Noch ehe die Sonne im Osten heraufstieg, war er täglich auf den Füßen und suchte seinen Frieden in rastloser Bewegung, bis der letzte Rosenschimmer im Hochgebirge verblichen war. Dadurch wurde seine Zeit ausgiebig und reichlich, daß er frei wurde in der Verwendung der Stunden, ohne seine Pflicht zu vernachlässigen. Um sich seinen Holzbedarf zu sammeln, machte er weite Rundgänge durch den Wald, auf welchen sich eine Bürde fast von selbst zusammenfand. Er benutzte dazu die heiße Tageszeit, um im Schatten zu sein und zugleich für die Erdschwere der Handarbeit ein erbauliches Gegengewicht zu suchen. Denn der Wald war jetzt seine Schulstube und sein Studiersaal, wenn auch nicht in großer Gelehrsamkeit, so doch in beschaulicher Anwendung des wenigen, was er wußte. Er belauschte das Treiben der Vögel und der andern Tiere, und nie kehrte er zurück, ohne Gaben der Natur in seinem Reisigbündel wohlverwahrt heimzutragen, sei es eine schöne Moosart, ein kunstreiches, verlassenes Vogelnest, ein wunderlicher Stein oder eine auffallende Mißbildung an Bäumen und Sträuchern. Aus einem verfallenen Steinbruche klopfte er manches Stück mit uralten Resten heraus von Kräutern und Tieren. Auch legte er eine vollständige Sammlung an von den Rinden aller Waldbäume in den verschiedenen Lebensaltern, indem er schöne viereckige Stücke davon, mit Moosen und Flechten bewachsen, herausschnitt oder sinnig zusammensetzte, die Nadelhölzer sogar mit den glänzenden Harztropfen, so daß jedes Stück ein artiges Bild abgab. Mit alledem schmückte er in Ermangelung anderen Raumes die Wände und die Decke seines Stübchens. Nur nichts Lebendiges heimste er ein; je schöner und seltener ein Schmetterling war, den er flattern sah, und es gab auf diesen Höhen deren mehrere Arten, desto andächtiger ließ er ihn fliegen. Denn, sagte er sich, weiß ich, ob der arme Kerl sich schon vermählt hat? Und wenn das nicht wäre, wie abscheulich, die Stammtafel eines so schönen, unschuldigen Tieres, welches eine Zierde des Landes ist und eine Freude den Augen, mit einem Zuge auszulöschen! Abzutun, ab und tot, das Geschlecht einer zarten fliegenden Blume, die sich durch so viele Jahrtausende hindurch von Anbeginn erhalten hat und welche vielleicht die Letzte ihres Geschlechtes in der ganzen Gegend sein könnte! Denn wer zählt die Feinde und Gefahren, die ihr auflauern?

Für diesen frommen Sinn wurde er von einem untergegangenen Geschlechte belohnt, indem eine Erderhöhung mitten im Forste, welche ihm verdächtig erschien und die er aufgrub, das Grab eines keltischen Kriegsmannes enthüllte. Ein langes Gerippe mit Schmuck und Waffen zeigte sich vor seinen Blicken. Aber er baute das Grab sorgfältig wieder auf, ohne jemand davon zu sagen, weil er nicht aus seiner Verborgenheit treten mochte. Indessen durchforschte er den Wald aufmerksam, entdeckte noch mehrere solche Erhöhungen mit darauf zerstreuten Steinen und behielt sich vor, in späterer Zeit davon Anzeige zu machen. Die gefundenen Schmuck- und Waffensachen fügte er den Merkwürdigkeiten seiner Einsiedelei bei.

Auf diese Weise erfuhr er, wie das grüne Erdreich Trost und Kurzweil hat für den Verlassenen und die Einsamkeit eine gesegnete Schule ist für jeden, der nicht ganz roh und leer.

Um so schneller machte er sich unsichtbar, wenn der Tuchscherer etwa mit großer Gesellschaft heraufkam, um sie in dem luftigen Winzerhäuschen zu bewirten und auf den Matten herumspringen zu lassen. Insbesondere die lustigen Damen suchten neugierig des einsiedlerischen Jünglings ansichtig zu werden, der sich so gut anschickte und in Freiheit, Sonne und Bergluft ein hübscher brauner Gesell geworden. Es schien auf einmal der Mühe wert, den Flüchtling nicht zu unabhängig von der Macht ihrer Augen werden zu lassen. Auch einzeln dehnte dann und wann eine Vorwitzige ihre Spaziergänge bis zu dieser Höhe aus und spukte wie von ungefähr um das Häuschen herum. Allein Wilhelm war wie umgewandelt. Anstatt die Augen niederzuschlagen und heimlich verliebt zu sein, blickte er die Streifzüglerinnen ruhig und halb spöttisch an und ging seiner Wege ohne alle Anfechtung. Das war ein neues Wunder und vermehrte das Gerede über ihn in der Stadt.

Der Tuchscherer war zufrieden über seinen Besitz. In der Ebene, wo er auch ein Stück Land besaß, hatte er eine geräumige Stallung und eine Scheune gebaut. Dort stand das Vieh, dessen Zucht und Verkauf Wilhelm mit gutem Verstande beriet. Die zweimalige Heuernte brachte er ebenfalls glücklich unter Dach, und die Weinlese, welche darauf folgte, zeigte, daß der Berg trefflich besorgt war.

Als der Tuchscherer nun seine Rechnung machte, fand er, daß er für die Zukunft wohl bestehen würde, wenn es so fortginge, und statt nur seinen vorübergehenden Spaß an der Sache zu haben, wie es am Orte Sitte war, entschloß er sich, mit Ernst dabei auszuharren und zu trachten, daß er ein gutes Ende gewänne. Obgleich er auch ein lustiger Tuchscherer war, barg er doch eine gute Anlage in sich von irgendeinem Äderchen her, weshalb er durch die frische Arbeitslust, Verständigkeit und Ausdauer Wilhelms aufmerksam wurde, besonders da er sah, daß der träumende und verliebte Schulmeister ganz plötzlich diese Tugenden hervorgekehrt, als wenn er sie auf der Straße gefunden hätte. Was ein anderer könne, dachte er, das werde er auch imstande sein; und so wurde er in ehrgeiziger Laune ein sorgfältiger und wachsamer Mann. Er stand früh auf und nahm seine Geschäfte der Ordnung nach an die Hand. Statt in seiner Tuchschererei alles den Arbeitern zu überlassen, sah er selbst dazu und förderte die Arbeit, daß sie gut getan wurde und rasch vor sich ging, und er gewann noch hinlängliche Zeit für seine Landwirtschaft. Den Aufenthalt in den Versammlungen und Wirtshäusern, wo die Spottvögel saßen, kürzte er immer mehr ab und gewöhnte sich, zu jeder beliebigen Zeit aufzubrechen und sich loszureißen, ohne gerade ein sogenannter Leimsieder zu werden. Er bemerkte, daß die rechte Lustigkeit erst nach getaner Arbeit entsteht und daß Leute, welche immer in derselben Wirtshausluft, bei denselben Manieren sitzen, zur schönsten Krähwinkelei gedeihen; daß der liederliche Spießbürger um kein Haar geistreicher ist als der solide und daß überhaupt Männer, die sich immerwährend und täglich mehrmals sehen, einander zuletzt dumm schwatzen. Dennoch stieß seine Bekehrung auf große Schwierigkeiten und er mußte die tapfersten Anstrengungen machen, um nicht zurückzufallen. Aber wenn die Verlockung und das Geräusch zu stark wurden, verließ er die Stadt und floh zu Wilhelm hinauf, den er liebgewonnen und zu seinem Vertrauten machte. Hiedurch wurde dieser wiederum angefeuert, daß er in seinem löblichen Wesen nicht mürbe wurde. Allein der Teufel suchte abermals Unkraut zu säen, indem des Tuchscherers Frau nicht von der alten Weise lassen wollte und den Verkehr mit den Müßigen und Lustigmachern stets erneuerte. Der Mann klagte dem Einsiedler seine Not; Wilhelm dachte nach und riet ihm dann, der Frau das Haar dicht am Kopfe wegzuschneiden, damit sie ein Jahr lang nicht ausgehen könne. Denn er hielt sich für einen Weiberfeind und freute sich, einer eine Buße anzutun. Doch der Tuchscherer sagte, das ginge nicht an, das Haar seiner Frau sei zu schön und, da sie sonst nicht viel tauge, ein Hauptstück seines Inventars. Da besann sich Wilhelm aufs neue und riet ihm dann, der Frau den Milchverkauf zu übergeben und ihr einen Teil des Gewinns zu lassen. Dadurch würde ihre Habsucht gereizt, sie werde nicht verfehlen Wasser unter die Milch zu mischen, sich deshalb mit der ganzen Stadt verfeinden und in eine wohltätige Isolierung geraten. Dieser Plan ward nicht übel befunden und bewährte sich auch so ziemlich. Die Frau fand Freude an dem Gewinn und war, besonders des Abends, ans Haus gebunden, um das Melken der Kühe zu überwachen und zu sehen, daß sie nicht zu kurz käme.

Inzwischen war der Herbst gekommen und für Wilhelm nichts weiter zu tun als das Vieh zu hüten, welches jetzt auf die Weide getrieben wurde. Er ließ sich das demütige Amt nicht nehmen und wollte wenigstens einen Herbst entlang mit den schönen Tieren allein auf der Weide sein. Allein gerade diese Übertreibung, da er den Dienst eines kleinen Hirtenbuben verrichtete, bekam ihm übel und beraubte ihn plötzlich wieder der Freiheit und Gemütsruhe, welche er sich erarbeitet hatte. Denn als er so dasaß auf den sonnigen Hügeln, beim Getön der Herdenglocken, und die Stadt im goldenen Herbstrauch liegen sah, tauchte die Gestalt Gritlis immer deutlicher wieder empor, fast nach dem Sprichworte: Müßiggang ist aller Laster Anfang! Im Grunde war es eine von den unfertigen und abgebrochenen Geschichten, welche wie ein abgeschossenes Bein mit der Veränderung der Jahreszeiten und des Wetters sich immer bemerklich machen. Jedes zurückgebliebene Restchen von Hoffnung auf ein verlorenes Glück erneut tausend Schmerzen, sobald die Seele müßig wird und die Sonne durchscheinen läßt.

Als er eines Tages, da es in den Tälern Mittag läutete, nach seinem Häuschen ging, um sein einfaches Essen zu bereiten, entdeckte er plötzlich eine zierliche Frau, welche unter dem Vordache stand und in die Ferne hinaussah. Er war kaum noch zweihundert Schritte entfernt und glaubte Gritli zu erkennen. Heftig erschreckend, stand er still und sagte: »Was will sie hier? Was sucht sie da?«

Er verbarg sich hinter einem wilden Birnbaum und wagte wohl fünf Minuten lang nicht mehr hinzusehen. Als er es aber endlich tat, hatte sich die Erscheinung umgekehrt, guckte durch das Fenster in das Innere des Winzerhäuschens und schien die kleine Stube aufmerksam zu betrachten, darauf setzte sie sich auf die oberste Treppenstufe, zog, wie es schien, ein Brötchen oder dergleichen aus der Tasche und fing an es zu essen, und kurz, es war keine Aussicht, daß die Dame so bald wieder abziehen wolle. Wilhelm machte Kehrtum und ging ohne Umsehen und ohne gegessen zu haben zu seiner Herde zurück, da er seine Behausung solchergestalt bewacht fand. In großer Aufregung blieb er bis zum Abend fort, aber endlich trieb ihn der Hunger wieder hin; vorsichtig näherte er sich seiner Klause und fand den Platz geräumt. Der Engel mit dem feurigen Schwert war abgezogen vor der Pforte. Wilhelm betrachtete alles wohl, das Fenster und die Treppe, und fand alles, wie es gewesen, still und unverfänglich. Doch seine Ruhe war dahin, wenngleich er nicht einmal bestimmt wußte, ob es Gritli gewesen sei.

Ohne es sich gestehen zu wollen, kleidete er sich von dem Tage an sorgfältiger, daß er für einen Rinderhirten fast zu gut aussah, und näherte sich nicht selten behutsam dem Häuschen; aber die Erscheinung kehrte nicht wieder. Dafür bevölkerte sich der ganze Berg mit ihrem Bilde, auf Weg und Steg trat es ihm entgegen und guckte ihm durch die runden Scheiben; es schien ihm unerträglich, so nahe bei ihr zu wohnen, und doch hätte er nicht wegziehen mögen; denn der Umstand, daß sie jetzt frei und einsam war, vermehrte die Unordnung seiner Gedanken. Doch zuletzt wurde er nochmals Meister über dies Wesen und stellte sich wieder steif auf die Beine.

Als der erste Schnee fiel, war es mit dem Hirtenleben vorbei; der Tuchscherer wollte Wilhelm nun zu sich ins Haus nehmen. Der aber sträubte sich dagegen und bat, ihn auf dem Berge zu lassen; jener mochte ihn in seiner Laune nicht hindern, schaffte ihm einen kleinen Ofen hinauf und versah ihn mit allerhand Arbeit von sich und andern. Auch kaufte sich Wilhelm für den Lohn, den er erhielt, einige Bücher, die ihm der Tuchscherer besorgte, damit er der Pflege seiner Geisteskräfte obliegen könne, und so wurde er bald eingeschneit und sah sich einsamer als je.

Eigentlich nur so einsam als ein rechter Einsiedel sein kann, denn ein solcher hat noch allerlei Zuspruch. So bekam auch Wilhelm jetzt eine wunderliche Kundschaft. Die Bauern der Umgegend, mehrere Stunden in die Runde, sprachen von ihm als von einem halben Weisen und Propheten, was hauptsächlich von seinem Treiben im Walde und der seltsamen Ausstaffierung seiner Wohnung herrührte. Sobald die Bauern einen solchen Heiligen aufspüren, der, von Reue über irgendeinen geheimnisvollen Fehltritt ergriffen, sich auf außerordentlichem Wege zu helfen sucht, in die Einsamkeit geht und ein ungewöhnliches Leben führt, so wird alsobald ihre Phantasie aufgeregt und sie schreiben dem Sonderling besondere Einsichten und Kräfte zu, welche zu nutznießen sie eine unüberwindliche Lust verspüren, im Gegensatze zu den Städtern und Aufgeklärten, so ihren Rat bei denen holen, die niemals von der goldenen Mittelstraße abweichen und nie über die Schnur gehauen haben.

Zuerst kam eine bedrängte Witwe mit einem ungeratenen Kinde, welches in der Schule nichts lernen wollte und sonst allerlei Streiche verübte, und bat ihn um Rat, indem sie vor dem Kinde ihre bittere Klage vorbrachte. Wilhelm sprach freundlich mit dem Sünder, fragte, warum es dies und jenes tue und nicht tue, und ermahnte es zum Guten, indem es sich besser dabei befinden werde. Der weite Gang, die feierliche Klage der Mutter, die abenteuerliche Einrichtung des Propheten und dessen freundlich-ernste Worte machten einen solchen Eindruck auf das Kind, daß es sich in der Tat besserte und die Witwe verbreitete den Ruhm Wilhelms.

Bald darauf kam eine andere Frau, welche über eine böse Nachbarin klagte; dann kam ein alter Bauer, der sich das Schnupfen abgewöhnen wollte, weil er es für Sünde hielt; Wilhelm sagte, er solle nur fortschnupfen, es sei keine Sünde, und dieser lobte und pries den Ratgeber, wo er hinkam. Endlich verging kaum ein Tag, wo er nicht solchen Besuch empfing, und alle möglichen moralischen und häuslichen Gebrechen enthüllten sich vor ihm. Am meisten besuchten ihn Mädchen und Weiber, um geheime Briefe von ihm schreiben zu lassen, welchen sie eine besondere Wirkung zutrauten, und sogar abergläubische Leute kamen, denen er gestohlene oder verlorene Sachen wieder verschaffen oder geheimnisvolle Mittel gegen körperliche Übel oder am Ende gar weissagen sollte. Das wurde ihm denn doch lästig und bedenklich, und er suchte die Bittsteller mit Scherzen oder barschen Worten abzuweisen. Allein nun hieß es erst recht, er habe seine Mucken und stehe nicht jedem Rede, woran er ganz recht tue. Am liebsten verkehrte er mit Kindern, die in der Schule nicht fortkamen und deren man ihm häufig brachte, so daß sie nachher allein kommen konnten. Mit diesen gab er sich liebevoll ab und war froh, öfter eines oder mehrere um sich zu haben. Er brachte fast alle ins Geleise und erwarb sich dadurch Dank und Ansehen und unter den Kleinen eine große Anhängerschaft, die ihn an schönen Sonntagen manchmal in ganzen Scharen besuchte und ihm kindliche Geschenke brachte, zum Beispiel jedes einen schönen Apfel, so daß alle zusammen ein Körbchen voll gaben, oder jedes zehn Nüsse, so daß sich eine Lade damit füllte. Sie mußten dann singen und er geleitete sie eine Strecke weit heimwärts.

Von diesen Taten hörte Frau Gritli häufig erzählen und sie nahm lebendigen Anteil, ohne es merken zu lassen. Sie war sehr neugierig und wünschte eifrig, seine Wirtschaft selbst einmal zu sehen und ihn sprechen zu hören. Als eine auswärtige vertraute Freundin sie für einige Zeit besuchte, um ihr die Tage verbringen zu helfen, beschlossen die beiden, zu dem Einsiedel zu gehen. Sie verkleideten sich in junge Bäuerinnen, färbten ihre Gesichter mit vieler Kunst und verhüllten überdies die Köpfe mit großen Tüchern. So machten sie sich an einem hellen Wintermorgen auf den Weg und bestiegen den Berg, der in seiner weißen Decke blendend vom blauen Himmel abstach. Als sie vor dem Rebhäuschen anlangten, standen sie still und betrachteten es neugierig und mit erstaunten Blicken. Denn es glitzerte und leuchtete wie lauter Kristall und Silber. Vom Dache hingen ringsherum große Eiszacken nieder mit feinen Spitzen, manche beinahe bis auf den Boden. Die Wetterfahne, die eisernen Verzierungen des Geländers, noch aus der Zopfzeit, und die Geißblattranken waren mit Reif besetzt, und das alles wurde von der Sonne mit siebenfarbigen Strahlen umsäumt. Unter dem Vordache auf den Steinplatten wimmelte es von größern und kleinen Waldvögeln, die da ihr Futter pickten und lustig durcheinander hüpften; sie waren so zahm, daß sie kaum Platz machten vor den Füßen der Pilgerinnen und sich der Reihe nach auf das Geländer und vor das Fenster setzten. Jede der Frauen stieß die andere an, daß sie anklopfen sollte; die eine hustete, die andere kicherte, aber keine wollte klopfen. Doch wagte es endlich die Freundin, pochte nun so stark wie ein Bauer und öffnete zugleich die Tür, mit patzigen Schritten eintretend.

Wilhelm saß über einem großen Buche mit Pflanzenbildern; er war nicht sehr erfreut über die frühe Störung, zumal er zwei junge frische Weibsbilder ankommen sah. Aber Ännchen, die Freundin, begann sogleich ein geläufiges Kauderwelsch, in welchem sie eine Anzahl Fragen und Anliegen bunt durcheinander vorbrachte. Sie wollte eine Rechnung über verkauftes Stroh berichtigt haben, gegen welches sie eine Zeitkuh eingetauscht, zog ein Papier voll gegossenen Bleies hervor und forderte die Erklärung desselben; dann sollte er aus ihrer Hand wahrsagen, Auskunft geben, wann es am besten Hafer zu säen sei, ob man im gleichen Jahre zweimal die Ehe versprechen dürfe, ob er nicht eine verhexte Kaffeemühle herstellen könne, in welcher ein Kobold sitze; ferner brachte sie ein dickes Bündel Hühner-, Enten- und Gänsefedern zutage und bat ihn, dieselben zu schneiden für Geld und gute Worte, sie wolle sie dann schon gelegentlich abholen; denn sie schreibe für ihr Leben gern, habe aber keine Federn; und endlich verlangte sie zu wissen, ob das neue Jahr gedeihlich zum Heiraten sein würde für eine ehrbare junge Bäuerin. Dies alles, Stroh, Zeitkuh, Hafer, Blei, Kaffeemühle, Kobold, Federn und Heirat, warf sie so behend und verworren untereinander, daß kein Mensch darauf antworten konnte, und wenn Wilhelm den Mund auftat, unterbrach sie ihn sogleich, widersprach ihm, sie habe nicht das, sondern jenes gemeint, und machte den ergötzlichsten Auftritt. In der Zeit stand Gritli da, die Hände unter der Schürze, und rührte sich nicht, aus Furcht sich zu verraten. Sie beschaute sich eifrig Wilhelms sonderliche Behausung, welche inwendig noch märchenhafter aussah als von außen. Die Wände waren mit bemooster Baumrinde, mit Ammonshörnern, Vogelnestern, glänzenden Quarzen ganz bekleidet, die Decke mit wunderbar gewachsenen Baumästen und Wurzeln, und allerhand Waldfrüchte, Tannzapfen, blaue und rote Beerenbüschel hingen dazwischen. Die Fenster waren herrlich gefroren; jedes der runden Gläser zeigte ein anderes Bild, eine Landschaft, eine Blume, eine schlanke Baumgruppe, einen Stern oder ein silbernes Damastgewebe; es waren wohl hundert solcher Scheiben, und keine glich der anderen, gleich dem Werk eines gotischen Baumeisters, der einen Kreuzgang baut und für die hundert Spitzbogen immer neues Maßwerk erfindet.

Das alles gefiel der Frau, welche von Viggi und seiner Kätter als eine platte und prosaische Natur verschrieen wurde, über die Maßen wohl; doch ließ sie zuweilen auch einen Blick über den Bewohner dieses Raumes gleiten, und derselbe gefiel ihr nicht minder. Er war in einen rötlichen Fuchspelz gehüllt, den ihm der Tuchscherer für den Winter gegeben; sein dunkles Haar war dicht und lang gewachsen, ein dunkles Bärtchen war auf seiner Oberlippe erstanden und der ganze Gesell hatte an selbstbewußter und freier Haltung gewonnen. Ein langes rotes Tuch, welches er lose um den Hals geschlungen trug, vermehrte noch die kecke Wirkung seines Aussehens, welche freilich kaum so keck gewesen wäre, wenn er gewußt hätte, wen er vor sich habe.

Ännchen machte aber ihre Sache so gut, daß er keinen Verdacht schöpfte und ein tolles Weibsstück zu sehen glaubte, begleitet von einer blöden und schüchternen Person. Als ihm der Handel endlich zu bunt wurde, unterbrach er die Schwätzerin gewaltsam und sagte: »Eure Rechnung über Stroh und Kuh beträgt so und so viel, alles übrige ist dummes Zeug, das Ihr anderwärts anbringen mögt, liebe Frau!«

»So!« sagte Ännchen in köstlichem Tone, und Wilhelm: »Ja, so! Geht in Gottes Namen und laßt mich in Ruhe!«

»Auf diese Weise!« erwiderte Ännchen, »aha! So so! Nun, so habt denn Dank, Herr Hexenmeister! und nichts für ungut! Behüt Euch Gott wohl und zürnet nicht! Komm, Frau Barbel!«

Doch als sie bereits unter der Tür war, kehrte sie nochmals um und rief. »Ei, so hätte ich bald vergessen Euch den Gruß auszurichten! Oder hab ich's schon getan?« – »Nein! von wem?« – »Ei, von einer gar feinen und hübschen Frau, Ihr werdet sie besser kennen als ich, denn ich weiß ihren Namen nicht zu sagen!« – »Ich weiß nicht, ich kenne keine solche Frau!« – »He, so besinnt Euch nur, sie wohnt an der Stadtmauer, ist nicht gar groß, aber ebenmäßig gewachsen und trägt den Kopf voll brauner Haarlocken wie ein Pudel! Da die Barbel und ich haben ihr Eier gebracht, wir sagten, daß wir da hinaufgehen wollten, um uns wahrsagen zu lassen, und da war's, daß sie uns den Gruß bestellte!«

Wilhelm wurde hochrot, rief hastig: »Ich weiß nicht, wen Ihr meint!« und wandte sich stracks zu seinem Buche, ohne die Frauen weiter eines Blickes zu würdigen. So trollten sich diese davon und polterten in ihren schweren Schuhen mutwillig die Stufen hinunter.

Kaum waren sie außer dem Bereiche des Häusleins, so sagte Ännchen: »Höre, wenn ich nicht schon einen Mann hätte, so würde ich dir den wegfangen! Dies ist ja ein netter Kerl, obgleich er ein grober Lümmel ist!«

»Ach, er gefällt mir nur gar zu wohl«, seufzte Gritli, »aber ich trau ihm nicht! Er könnte trotz der soliden Manier, die er angenommen hat, leicht wieder ein verliebter Zeisig werden oder noch sein, der sich in alle Welt vergafft und dann käme ich vom Regen in die Traufe. Man müßte ihn auf irgendeine Art auf die Probe stellen!«

»Nun, das kann man ja tun!« sagte die Freundin; sie berieten sich über den Weg, den sie einschlagen wollten, und Ännchen versprach die Sache auszuführen, sobald der Winter vorüber sei. Da seufzte

Gritli abermals und meinte: »Ach das ist noch lange hin und im Frühling sollte es schon getan sein!«

Lachend erwiderte Ännchen: »Da kann ich nicht helfen, meine Liebe! Ich muß jetzt wieder zu meinem Mann; auch habe ich doch nicht Lust, durch diesen Schnee öfter in die Wildemannshütte zu klettern, so hübsch eingefroren sie auch ist! Also Geduld! Sobald die Veilchen blühen, werde ich wieder kommen und deine Bergamsel probieren, aber auf deine Gefahr hin!«

Gritli fügte sich darein; sie verbrachte den Rest des Winters in größter Stille; aber der Schnee schien ihr nicht weichen zu wollen und sie schwankte manchmal, ob sie die Probe überhaupt anstellen und nicht lieber die Sache gleich zu Ende führen wolle. Da kam endlich der gewaltige Südwind und goß seine warmen Regenfluten schief über Berg und Tal hin. In eilender Flucht schmolzen die Schneemassen und Wasser sprangen von allen Abhängen, lachend, redend und singend mit tausend Zungen. Gritli lauschte dem Klingen, als ob es ein Hochzeitgeläute wäre. Sobald die nächste Wiese trocken war, lief sie hinaus, um nach den Veilchen zu sehen; sie fand keines, dafür aber einige Schneeglöckchen, und als sie zurückkam, war dennoch die Freundin angekommen mit einem großen Koffer, worin sie das nötige Handwerkszeug für ihr Vorhaben mitbrachte.

Es war die vollständige stattliche Sonntagstracht einer Landfrau mit mehreren Stücken zum Wechseln, alles neu und zierlich, beinahe köstlich gemacht. Am ersten Sonntag in aller Frühe kleidete sich Ännchen mit Gritlis Hilfe sorgfältig darein und ließ ihrer Schönheit, die nicht gering war, mit übermütiger Berechnung den Zügel schießen. Über eine kurze Scharlachjuppe war eine genauso lange schwarze angezogen, so daß der Scharlach nur bei einer raschen Bewegung sichtbar wurde und das blendende Weiß der Strümpfe um so reizender erscheinen ließ. Rücken, Schultern und die runden Arme zeichnete eine knappe braune seidene Jacke vortrefflich und ließ die hohe Brust frei, welche dafür mit einem Brustlatz von schwarzem Sammet bedeckt und mit dergleichen Bändern eingeschnürt war, die durch silberne Haken gingen. Über der Stirn wurden einige kokette bäuerliche Löcklein gebrannt, das übrige Haar hing in dicken Zöpfen fast bis auf die Erde und endigte in breiten, mit Spitzen besetzten Sammetbändern. Mit jedem Stück, das sie der lachenden Freundin nesteln half, wurde Frau Gritli ernsthafter und besorgter, und als endlich die Übermütige ganz geschmückt war und sich in bewußter Schönheit spiegelte, bereute jene die ganze Erfindung und erhob allerlei Bedenklichkeiten. Doch sie wurde nur ausgelacht und Ännchen rief: »Was man tun will, das soll man recht tun! Willst du deinen Waldbruder mit einer Vogelscheuche versuchen? Dergleichen Heilige hatten von je einen bessern Geschmack!«

Da meinte Gritli, sie sollte wenigstens die weißen Strümpfe mit schwarzen wollenen vertauschen, es sei noch kühl und feucht! »Dafür hab ich starke Schuhe«, sagte Ännchen, »die Waden erkältet keine Frau, das weißt du wohl, mein Schatz!« – »Jedenfalls mußt du den Hals besser verwahren!« bat die Besorgte noch kläglich und die Unverbesserliche antwortete: »Da hast du recht! Gib mir jenes seidene Tüchlein, ich kann es nachher in die Tasche stecken, sobald ich an die warme Sonne komme!«

Dann öffnete sie das Fenster und guckte in die Sonntagsfrühe hinaus; es war noch alles still und die Zeit schien günstig, rasch hinweg zu huschen. Allein Gritli hielt sie mit dem Frühstück so lange als möglich auf und brockte ihr alle möglichen Lieblingsbissen vor, um den Augenblick hinauszuschieben; dennoch erschien er, und als Ännchen nun ging, brach die Bekümmerte in Tränen aus. Da kehrte jene mit großen Augen um und sagte ernsthaft: »Nun, du närrisches Ding! wenn du wirklich meinst, es sei nicht zu trauen, so lassen wir's einfach bleiben. Entscheide dich! Ich bin bald wieder umgekleidet!«

Gritli weinte heftiger, aber sie kämpfte mit sich und rief dann entschlossen: »Nein! geh nur und tu, was du für gut findest! Es muß ja sein!«

Frau Ännchen ging also wohlgemut durch das Frühlingsland und badete unternehmungslustig ihre Gestalt in der glänzenden Luft. Ihre Röcke schwangen sich hin und wider, daß der rote Scharlachsaum bei jedem Schritt aufleuchtete; im Arme trug sie einen frisch gebackenen Eierzopf und eine Schiefertafel in ein weiß und blau gewürfeltes Tuch gewickelt. Dergestalt erreichte sie das Rebhäuschen; diesmal klopfte sie nur mittelmäßig stark an die Tür und trat mit gutem Anstande in die Stube. Wilhelm erkannte sie nicht sogleich, war aber betroffen über die anmutvolle Erscheinung. Er kochte eben seinen Sonntagskaffee, welcher angenehm durch den Raum duftete. Ännchen machte einen zierlichen Knicks und sagte: »Da komme ich gerade recht! Habt Ihr meine Federn geschnitten, Herr Hexenmeister? Ich will sie abholen; und hier habt Ihr auch eine kleine Gabe für Eure Mühe, nur um den guten Willen zu zeigen!« Damit entwickelte sie das Gebäck, das sie trug, und legte es auf den Tisch. »So könnt Ihr das Geschenk wieder mitnehmen«, erwiderte Wilhelm, »denn Eure Federn sind nichts zum Schreiben und ich habe sie weggeworfen!« – »So? nun, da muß ich mir Federn in der Stadt kaufen; aber das tut nichts, ich lasse den Zopf dennoch hier und esse selbst einen Zipfel davon, wenn Ihr mir eine Tasse Kaffee dazu gebt! Das tut Ihr doch, nicht wahr?« Sie setzte sich ohne Umstände zum Tische und fing an, das feine Brot zu schneiden. Wilhelm wußte nicht, was er daraus machen sollte, es war ihm zumute, wie wenn da ein gefährlicher Geist durch sein stilles Häuschen wehte, und die Frühlingssonne funkelte gar seltsam durch die klaren Fenster und über die schöne Bäuerin her. Doch fügte er sich, holte eine von des Tuchscherers Porzellantassen, welche dieser hier aufbewahrte, und teilte seinen Kaffee ehrlich mit dem Eindringling.

»Ihr könnt wahrlich guten Kaffee machen, Herr Hexenmeister«, sagte sie, »wo habt Ihr's nur gelernt?« – »Freut mich, wenn er Euch schmeckt!« sagte Wilhelm, »doch bitte ich Euch, mich nicht immer Hexenmeister zu nennen; denn ich kann leider nicht hexen!« – »Nicht? ich hab's geglaubt!« sagte sie lächelnd, indem sie einen glänzenden Blick zu ihm hinüberschoß, »wenigstens habt Ihr mir es schon ein weniges angetan, obgleich Ihr nicht der Höflichste seid! Aber ein hübscher Mensch seid Ihr! Ist es Euch nicht langweilig so ganz allein?« – »Es scheint nicht so!« erwiderte Wilhelm errötend, »sonst würde ich wohl unter die Leute gehen; Ihr scheint aber gut aufgelegt, schöne Frau!«

»Schöne Frau? Ei seht, das tönt schon besser! Ihr solltet noch ein wenig in die Schule gehen, ich glaube, es könnte doch noch gut mit Euch kommen! Aber leider muß ich selbst in die Schule gehen. Da habe ich noch ein Anliegen, daß ich es nicht vergesse, das ist die Hauptsache, warum ich gekommen bin, wenn's erlaubt ist! Die Rechnung, die Ihr mir neulich so schnell gemacht, daß ich es nicht einmal merkte, hat mir guten Dienst geleistet. Ich habe aber einen großen Hof und kein Mann ist da, der das Wesen in Ordnung hält und rechnet; ich selbst habe als Schulkind niemals aufgemerkt und nichts gelernt, wie ich denn auch sonst nicht viel taugte. Nun muß ich es erst büßen und bereuen, denn ich weiß nie, wie ich stehe und ob ich betrogen werde oder nicht? Gut! dacht ich, du bist noch nicht zu alt zum Lernen, ein Jahr fünf- oder sechsundzwanzig, du gehst also zum Hexenmeister und bittest ihn, daß er dir zeige, wie man dies und jenes ausrechnet. Für guten Lohn wird er's gewiß tun, ein

Sack Erdäpfel oder eine halbe Speckseite sollen mich nicht reuen, wenn er's zurecht bringt, daß ich mit den verwünschten Zahlen umgehen kann. Seht, da habe ich schon eine Tafel mitgebracht und auch eine Kreide, nun, wo hab ich die Kreide?«

Sie legte die Tafel auf den Tisch, fuhr mit der Hand in die Rocktasche und klapperte ungeduldig darin. Dann zog sie eine Handvoll Zeug heraus und warf es auf den Tisch, ein geringes Taschenmesser, einen eisernen Fingerhut, einige Geldstücke, Brotkrumen, eine Hundepfeife, eine gedörrte Birne und ein kleines Stück Kreide. Die Birne steckte sie schnell in den Mund und rief kauend: »Da ist die Teufelskreide! jetzt fangt nur an!« Zugleich rückte sie mit ihrem Stuhle ihm dicht zur Seite und schaute ihm erwartungsvoll ins Gesicht.

»So große Schülerinnen bin ich eigentlich nicht gewöhnt«, sagte Wilhelm verlegen und rückte ein bißchen zur Seite, »doch wenn Ihr gut aufmerken wollt, so will ich wohl sehen, was zu machen ist!« Hierauf begann er der Frau die vier Spezies vorzumachen, und sie stellte sich, als ob sie nagelneue Dinge hörte. Sie rückte ihm wieder näher, nahm ihm alle Augenblicke die Kreide aus der Hand, verdarb die Rechnung und trieb tausend schnackische Dinge, über welchen sie zuweilen plötzlich die Augen voll zu ihm aufschlug. Er sah sie dann verwundert und nicht ohne Wohlgefallen an, ohne jedoch aus der Fassung zu geraten, und auch wenn sie auf die Tafel blickte, betrachtete er ruhig den hübschen Kopf, wie man etwa ein edles Gewächs betrachtet. Indessen wurde er dabei still und vergaß ein paarmal zu antworten. Unversehens stand sie auf und sagte: »Für heute muß es gut sein, sonst werde ich zu gelehrt! Übermorgen auf den Abend komm ich wieder, wenn Ihr dann Zeit habt; behüt Euch Gott, Herr!«

Womit sie, ohne seine Antwort abzuwarten, sich entfernte, so unerwartet als sie gekommen war.

Wilhelm sah ihr nach, ohne von seinem Stuhle aufzustehen. Dann grübelte er etwas in seinen Gedanken herum und sagte schließlich: »Am Ende werde ich hier auch fortgetrieben; es scheint mir mit dieser Person nicht ganz richtig zu sein!«

Frau Ännchen gefiel sich so gut in der ländlichen Tracht, daß sie auf einsamen Feldwegen herumspazierte, bis es Mittag läutete. Sie betrachtete gedankenvoll bald die junge Saat, bald den emsigen Lauf eines Bächleins; doch sie bedachte weder die Saat noch das Wasser, sondern erwog, wie weit sie die Probe mit dem jungen Manne treiben wolle; sie glaubte den Erfolg in ihrer Gewalt zu haben und war nur unschlüssig, ob sie denselben erst ein wenig zu ihrer eigenen Lustbarkeit lenken oder ob sie als ehrliche Frau und Freundin handeln solle. Denn der Einsiedler schien ihr wie geschaffen zu einer erspriеßlichen Zerstreuung und zu einem Lustspiel für eigene Rechnung. Wenn Wilhelm sich verlocken ließ, so war ja ihrer Freundin von einem unbeständigen Mann geholfen und trefflich gedient und er selbst wurde durch einen lustigen Betrug gehörig bestraft. Sie stand eben vor einer stillen Ansammlung eines Wässerleins und beschaute darin ihr Spiegelbild. Sie kam sich fast zu schön vor für ihren eigenen teilnahmlosen Mann; auf der anderen Seite aber schien das Abenteuer doch bedenklich und konnte ihr zuletzt übel bekommen und ihre behagliche Ruhe in die Luft sprengen; auch war der Freundin ein freundliches Los zu gönnen und sie wußte wohl, daß Gritli den Vogel festhalten würde, wenn sie ihn nur erst unversehrt in der Hand hielte. So schwebten ihre ernsten Erwägungen im Gleichgewicht; sie stellte die Entscheidung endlich auf ein welkes Blatt, das in der Wasserstille langsam kreiste und einen Ausweg suchte. Legte es sich ans rechte Bord, so wollte sie der Freundin dienen, wenn ans linke, für sich selbst sorgen! Allein das Blatt schwamm plötzlich abwärts und ins Weite, und sie beschloß, der Sache den Lauf zu lassen, wie es gehen möge. Da erklang die Mittagsglocke und Ännchen schritt, von keinem menschlichen Auge gesehen, nach der Hintertür in der Stadtmauer; denn es war die Zeit, da in der alten Welt der große Pan schlief und in der neuen die Seldwyler mit Kind und Kegel so vollzählig um den Sonntagsbraten saßen, daß die Straßen stiller waren als in dunkler Mitternacht.

Mit ängstlicher Erwartung verschlangen Gritlis Augen die mutwillige Freundin, als sie lachend in die Stube trat. Diese umarmte und küßte sie sogleich, indem sie rief: »Komm, es ist mir ganz küsserlich zumute geworden bei deinem Schatz!« – »Oh! sei nicht so häßlich!« rief jene vorwurfsvoll, »du hast doch nicht so tolles Zeug getrieben! Wie ist es gegangen? Wie hat er sich gehalten?« – »Sei ruhig, wie ein Stück Holz hat er sich gehalten!« sagte Ännchen und

Gritli rief: »Gott sei Dank! So wollen wir es denn dabei bewenden lassen!« – »Bewenden lassen? Das wäre eine schöne Geschichte!« fuhr Ännchen dazwischen, »da wüßten wir erst recht nichts! Er war wie ein Stück Holz, aber nun kommt erst die Hauptsache, wo er sich immer noch zum Schlimmen wenden kann, freilich auch zum Guten! Nun, wie er sich bettet, so wird er liegen!«

Da ermannte sich Gretchen abermals und sagte: »Ja! es muß durchgeführt sein! Wenn er deinen Teufeleien entrinnt, so hat er sich gründlich gebessert und wird um so preiswürdiger sein!«

Also machte sich die Versucherin am zweiten Tag wieder auf den Weg und zwar in der Abenddämmerung. Sie trug dieselbe Tracht, nur mit einiger Abwechselung und größerer Einfachheit, wie eine Bäuerin etwa während der Woche zu tragen pflegt, wenn sie über Land geht. Sie trug aber Sorge, daß nichtsdestoweniger alles gut und reizend saß. Die Haare waren merkwürdigerweise städtisch geflochten und mit einem Tuche bedeckt.

Wilhelm war absichtlich weggegangen und dachte, die sonderbare Schöne, wenn sie wirklich wiederkommen sollte, einen vergeblichen Gang tun zu lassen. Als es aber dunkelte, beschleunigte er mehr als notwendig seine Schritte, die Wohnung zu erreichen, sei es aus Neugier oder aus dem Bedürfnisse, sich an der scherzhaften Dame zu erheitern. Er traf richtig mit ihr an der Tür zusammen, als sie eben vergeblich gepocht hatte. »Ach, da kommt Ihr!« sagte sie sanft, »ich habe schon geglaubt, Ihr hättet mich im Stich gelassen! Nun, da bin ich wieder, wenn's erlaubt ist, ich konnte den Tag über nicht abkommen.« Er zündete das Licht an und sagte: »Wie steht's? Habt Ihr noch was behalten vom neulichen Unterricht oder habt Ihr's schon wieder vergessen?« – »Ich weiß es selber kaum«, erwiderte sie bescheidentlich und schien überhaupt in einer weichen Stimmung zu sein, so daß der Lehrer wieder nicht aus ihr klug wurde.

Als sie zu rechnen begannen, war die Frau still und zerstreut, und in der Zerstreuung machte sie nicht nur keinen Fehler, sondern rechnete die Aufgaben wie aus Versehen rasch und richtig zu Ende und machte von selbst die Proben dazu. Sie konnte plötzlich so gut rechnen wie der Schulmeister selbst, schien es aber durchaus nicht zu wissen. Er sah ihr eine geraume Weile zu, während es ihm pricklig im Gemüt wurde. Da fiel es ihm endlich auf, welch weiße Hand die Bauersfrau besaß, und ihr künstlich geflochtenes Haar duftete nicht weit von seiner Nase. Einesmals sagte er: »Sie sind keine Bäuerin! Woher kommen Sie? Was wollen Sie hier?«

Sie legte erschrocken die Kreide hin, sah ihn furchtsam an und dann vor sich nieder, indem sie die Hände ineinander legte. Es herrschte eine große Stille. Endlich begann sie mit einem leichten Seufzer und leise: »Ich bin eine junge Witfrau, die aus langer Weile schon mehr als eine Torheit begonnen hat. Neulich wurde ich mit einer Freundin einig, den weisen Einsiedler zu beschauen, der so viel von sich reden macht. Sie haben gesehen, wie wir unsern Vorsatz ausführten; aber die Neugierde ist mir nicht gut bekommen!«

»Und warum nicht?« fragte Wilhelm lachend, obgleich es ihm anfing schwül zu werden. Da sagte sie noch leiser: »Ich habe mich leider in Sie verliebt!« und zugleich schlug sie lächelnd die Augen zu ihm empor. Es war freilich kein echter und ursprünglicher Blick, sondern einer aus der Fabrik, ein böhmischer Brillant, das fühlte Wilhelm wohl; dennoch war er feurig genug, in ihm eine Reihe von Gefühlen und Gedanken zu erwecken, welche sich schnell wie der Blitz aneinander entzündeten.

»Man muß am Ende die Weiber nehmen wie die Skorpione, den Stich des einen heilt man mit dem Safte, den man dem andern ausquetscht! Was nützt es, die Süßigkeit der Frauen zu verschmähen, weil sie schwach und betrüglich sind? Pflücke die Rosen vorsichtig oben weg und lasse den Stock unberührt, so wirst du nicht gestochen! Trinke den Wein und stelle den Becher dahin, so wirst du in Frieden leben! Wer durch die Wüste wandelt, der trinke vom Brunnen der Gelegenheit, und wer einsam ist, der locke die Amsel! Sieh! die eine geht, die andere kommt, die ist braun und jene golden; gut ist nur die, so dich küßt!«

Nicht diese ausführlichen Worte, aber deren frevelhafter Sinn drängte sich in Willhelms Empfindung zusammen, als er Ännchens Hand ergriff und sie unschlüssig, aber lächelnd ansah. Freilich waren seine Handlungen viel zaghafter als seine Gedanken, und so kam es, daß nach einer Minute nicht er die Schöne, sondern sie ihn im Arme hielt und ihm eben einen Kuß aufdrücken wollte, als abermals eine Reihe von Gedanken und Vorstellungen sich in dem Augenblick und in Wilhelms Gemüte zusammendrängte.

»Das ist also«, dachte er ungefähr, »das vielgewünschte Glück in Frauenarmen! Nun, schön genug ist's und gar nicht unangenehm! Gott sei Dank, daß ich mal eine dicht bei mir habe! Was würde wohl Gritli dazu sagen, wenn sie mich so sähe?«

Zugleich sah er Gritli im Geiste auf der Treppe vor dem Häuschen stehen und dann sitzen. »Wie«, dachte er, »wenn sie dich gesucht, wenn sie dich doch lieb hätte?« Ein großes Mitleiden mit ihr ergriff ihn, er erschrak ordentlich über seine Hartherzigkeit; kurz, zerstreut und in Gedanken verloren fuhr er zurück und entzog damit plötzlich und unerwartet seinen Mund dem Kusse, den Ännchen eben darauf absetzen wollte. Er starrte ins Blaue hinaus und sah immer deutlicher Frau Gritlis vermeinte Gestalt, wie sie still vor seiner Tür saß und auf ihn zu warten schien. Dann besann er sich und sagte unversehens zu Ännchen: »Was hatte es denn für eine Bewandtnis mit dem Gruße, den Sie mir das erstemal, da Sie hier waren, von jener Frau gebracht haben? Und was macht sie, wie geht es ihr?«

»Welche Frau, welcher Gruß?« fragte sie etwas betroffen und verlegen, und als er sich genauer erklärt, sagte sie kalt: »Ach, das war nur eine Neckerei von mir! Ich kenne die Frau gar nicht!« Diese schnöde und kühle Antwort gefiel ihm nicht und kränkte ihn; unwillkürlich machte er sich frei und trat ans Fenster, öffnete es und guckte verstimmt hinaus in die Nacht.

Der gestirnte Himmel spannte sich über das Tal, in welchem die Lichter von Seldwyla in einem dichten Haufen glänzten; darüber vergaß er, was in der Stube war, seine Gedanken irrten um die dunkle Stadtmauer in der Tiefe, und eben tat er einen ordentlichen Seufzer, als dicht unter seinem Fenster eine weibliche Gestalt vorüberging mit den Worten: »Gute Nacht, Herr Hexenmeister!« Es war Frau Ännchen, welche unbemerkt aus dem Häuschen gehuscht war und lachend den Berg hinuntersprang. Er machte eine Bewegung und eine Stimme rief in ihm: Laß sie nicht entwischen! Aber dennoch wich er nicht von der Stelle und seine Sehnsucht flog über die spukhafte Bäuerin hinweg in das Tal, wo Gritli war. Alle Geister der Leidenschaft waren nun aufgeweckt und taumelten wie trunken in seinem Herzen umher, und er verbrachte die Nacht schlaflos und aufgeregt.

»Dem wollen wir abhelfen!« rief er, als die Sonne schon hoch am Himmel stand und er aus dem unruhigen Morgenschlaf erwachte, »ich will für einige Zeit den Platz räumen und andere Luft suchen!« Gesagt, getan! Er hing zum zweitenmal die Reisetasche um, ergriff einen Stecken, schloß Fensterladen und Tür und machte sich auf den Weg, dem Tuchscherer den Schlüssel zu bringen und sich bei ihm zu beurlauben.

Ein leichter und rascher Schritt weckte ihn aus dem Brüten, in dem er alles getan hatte. Er kannte den Schritt und lauschte ihm einige Augenblicke, eh er aufzuschauen wagte. Schon warf die Morgensonne den leichten Schatten eines Schleiers auf den glänzenden Weg, dicht unter seine Augen; der Florschatten umflatterte ein Paar rundgezeichnete Schultern. Wilhelm war plötzlich wie in ein Fegefeuer gesteckt und bemerkte dennoch in aller Verwirrung, daß der wohlklingende Schritt fast unmerklich zögerte. Endlich blickte er in die Höhe und sah Frau Gritli nahe vor sich, welche ihrerseits errötete und verlegen lächelnd vor sich hinsah. Beide Personen beschleunigten in der Verwirrung ihren Gang und eilten sich vorüber, wahrscheinlich um sich nie wieder zu treffen. Da zog Wilhelm doch noch seinen Hut und Gritli erwiderte den Gruß mit einer raschen Verbeugung. Wie an einem Drahte gezogen sah jedes zurück, stand still und wendete sich mit mehr oder weniger langsamer Bewegung; endlich schossen sie zusammen wie zwei Hölzchen, die auf einem Wasserspiegel dahintreiben, und stehenden Fußes gingen sie eilig nebeneinander fort. »Sie wollen doch nicht verreisen, weil Sie Tasche und Stab tragen?« sagte Gritli. Wilhelm erwiderte, er wolle allerdings fortgehen, und als sie fragte, warum und wohin? erzählte er von Geschäften, von schönem Wetter, von diesem und jenem, und Gritli flocht ebenso inhaltlose Dinge dazwischen, aber alles in tiefster Bewegung. Sie gingen rasch, atmeten schnell und sahen sich abwechselnd an; so waren sie, ohne es zu sehen, auf einen Waldpfad geraten und gingen schon tief in den Bäumen, als Gritli endlich rief. »Wo sind wir denn hingekommen? Ist das Ihr Weg?« – »Meiner?« sagte Wilhelm ernsthaft, »nein!« – »Nun, das ist gut!« meinte sie lachend, »so müssen wir nur sehen, daß wir bald wieder hinauskommen!« Er sagte: »Da wollen wir hier quer durchgehen!« und wanderte auf einem schmalen Seitenpfade voran durch den Forst. Nach einer Weile kamen sie auf eine kleine Lichtung, die von hohen Föhren eingeschlossen war, deren Kronen sich ineinander bauten. Unter den Föhren lagen große rötliche Steine übereinander, denn es war das Grab des keltischen Mannes, und ringsherum war der Platz von den weißen Sternen der Anemonen bedeckt.

»Hier ist's schön!« rief Gritli, »hier muß ich ein wenig ausruhen, ich bin müde geworden!« Sie setzte sich auf die Steine und Wilhelm blieb vor ihr stehen. »Machen Sie nicht, daß der aufwacht, der da unten liegt!« sagte er; erschreckt fragte sie, was er meine, und er erzählte ihr die Geschichte von dem Grabe. Nach einer Weile bemerkte sie: »Wo mag wohl seine Frau liegen? Gewiß nicht weit!« »Das kann man freilich nicht wissen!« antwortete Wilhelm lachend, »vielleicht liegt sie auf einem Schlachtfelde in Gallien, vielleicht auf einem andern Berge in dieser Gegend, vielleicht hier ganz in der Nähe, und vielleicht hat er gar keine gehabt!«

Hierauf trat eine Stille zwischen die zwei Leute und jedes schien in eigentümliche Gedanken vertieft. Gritli hatte ihren Hut abgelegt und zeigte plötzlich statt der Locken, die dem Schulmeister sonst in die Augen gestochen, ein glänzend glattgekämmtes Haar, einen schlichten runden Kopf. Das verblüffte und verblendete ihn gänzlich, denn durch die ungewohnte Veränderung erschien sie ihm schöner als je. Auch war sie außerordentlich fein und anmutig gekleidet, obschon einfach, aber alles frisch und wohlgemacht; nichts einzelnes fiel auf und doch machte alles einen angenehmen Eindruck, der sich wieder der Herrschaft des schlichten blühenden Kopfes durchaus unterordnete. Diese Frau war in ihren Kleidern und bei sich selbst zu Hause, und wer da einkehrte, befand sich in keiner Marktbude. Das alles versetzte Wilhelm in tiefe Melancholie und er sah die schöne Frau vor sich, wie man in die frühlingsblaue Ferne sieht, in die man nicht hinein kann.

Als die tiefe Stille einige Minuten gedauert, während Gritlis Busen unruhig wallte, rief der Kuckuck aus der Tiefe des Waldes, zwar nur ein einziges Mal, aber hell und widerhallend. Beide sahen sich an, und ohne weitere Zeit zu verlieren, sagte Gritli mit einem freundlichen Lächeln: »Es ist mir lieb, Sie noch getroffen zu haben; denn halb und halb hatte ich die Absicht, Sie in Ihrem Häuschen aufzusuchen!«

Wilhelm sah sie mit großen Augen an; diese Worte weckten ihn aus seiner Vergessenheit und machten ihm das Verhältnis gegenwärtig, in welchem er eigentlich zu der Frau stand. Er brachte deswegen nur ein mißtrauisches und kurzes »Warum?« hervor und glaubte sich mit heißen Wangen einer neuen Komödie ausgesetzt. Sie aber sagte: »Ich wollte Sie gern fragen, ob Sie mir noch zürnen wegen der Geschichte mit den Liebesbriefen?«

»Ich habe Ihnen nie gezürnt«, erwiderte er, »sondern nur mir selbst; dennoch war das, was Sie vor Gericht von mir sagten, nicht gut und auch undankbar; denn ich habe Ihre Schönheit und Lieblichkeit so hoch gehalten, daß ich mir nicht anders zu helfen wußte als an einen Gott zu glauben, der Sie geschaffen und mir geschenkt habe, was freilich ein eitler und eigennütziger Gedanke war!«

Eine prächtige Röte überflog Gritlis Gesicht. »Ich war nicht undankbar!« sagte sie, indem sie die Handschuhe auszog und ihre Fingerspitzen betrachtete; »als ich jene Worte sprach, dachte ich« sie stockte und Wilhelm sagte mit fast tonloser Stimme: »Nun, was dachten Sie?« – »Ich dachte«, flüsterte sie, die Augen niederschlagend, »nun, ich dachte in meinem Herzen, daß dafür meine Person, wie sie ist, Ihnen für immer angehören sollte, wenn die Zeit gekommen sei! Und da bin ich nun!«

Zugleich reichte sie beide Hände hin und schlug die Augen zu ihm auf. Es war kein so blitzender Blick, wie sie ihm einst über die Hecke zugeworfen, aber doch viel tiefer und klarer. Er ergriff ihre Hände, sie stand auf; doch wußte der gute Pascha, der in seinen Gedanken eine ganze Stadt voll Weiber beherrscht hatte, mit dieser einzigen sogleich nichts anzufangen als daß er wie betäubt mit ihr auf der Lichtung hin und her ging und sie anlachte, ohne ihre Hand loszulassen. Endlich setzten sie den Weg wieder fort, Wilhelm ging voraus, sah sich aber von Zeit zu Zeit wieder um, ob sie ihm auch folge auf dem schmalen Pfade, und immer war sie lächelnd hinter ihm. Da trat sie einsmals hinter eine dicke Buche und verbarg sich dort, und als er wieder rückwärts blickte, fand er sie nicht mehr. Ungewiß und erschrocken stand er still, und als er nichts mehr von ihr hörte und sah, ging er langsam etwa zwanzig Schritte zurück, und mit jedem Schritte stieg schwärzer der betrübte Verdacht in ihm auf, daß er abermals der Gegenstand einer Posse geworden sei, so abenteuerlich das auch gewesen wäre; denn er konnte sich kaum in seine Stellung als beglückter Liebhaber finden. Da hustete es schalkhaft hinter der Buche, und als er näher trat, breitete die Vermißte die Arme nach ihm aus. jetzt endlich umschlang er sie, bedeckte sie mit Küssen, die mit jeder Sekunde besser gelangen, und sie hielt ihm schweigend still und fand, daß sie bis jetzt auch nicht viel von Liebe gewußt habe.

Nachdem Wilhelm sich fürs erste in etwas beruhigt, ließ er sich mit der Geliebten auf eine mächtige bemooste Wurzel der Buche nieder, streichelte ihr die Wangen und fragte, ob sie nicht einmal eines Mittags im Herbste schon vor seinem Häuschen gewesen sei? »Hast du mich also doch gesehen?« erwiderte sie und bejahte seine Frage. Er erzählte ihr das Abenteuer und offenherzig auch dasjenige mit der Frau Ännchen und wie nur die Erinnerung an jenen Anblick, da Gritli auf seiner Treppe gesessen, ihn vor dem Abfalle bewahrt habe.

Gritli streichelte ihn hinwieder, küßte ihn und sagte: »So bist du also einer von den Rechten, bei denen keine Mühe verloren ist!«

Als der Mai gekommen, hielten sie unter blühenden Bäumen eine fröhliche Hochzeit. Während sie die Reise machten, suchte der Tuchscherer in der Gegend für sie ein beträchtliches Landgut, welches sie nach ihrer Rückkehr kauften und bezogen. Wilhelm baute den Besitz mit Fleiß und Umsicht und mehrte ihn, so daß er ein angesehener und wohlberatener Mann wurde, während seine Frau in gesegneter Anmut sich immer gleich blieb. Wenn ein Schatten des Unmutes über ihren Mann kam oder ein kleiner Streit entstand, so entrollte sie ihre Locken, und wenn deren Macht nicht mehr vorhalten wollte, so strich sie dieselben wieder hinter die Ohren, worauf Wilhelm aufs neue geschlagen war. Sie hatten wohlerzogene Kinder, welche sich, als sie erwachsen waren, andere Wohlerzogene zur Ehe herbeiholten. Auch der Tuchscherer blieb in der Freundschaft und erhielt sich als ein geborgener Mann, so daß nach und nach eine kleine Kolonie von Gutbestehenden anwuchs, welche, ohne einem heitern Lebensgenusse zu entsagen, dennoch Maß hielten und gediehen. Sie wurden von den Seldwylern ironisch »die halblustigen Gutbestehenden« oder »die Schlauköpfe« genannt, waren aber wohl gelitten, weil sie in manchen Dingen nützlich waren und dem Orte zum Ansehen gereichten.

Viktor Störteler aber und seine Kätter waren samt jenen Liebesbriefen, welche sie aus Hunger und Not doch wieder hergestellt, auf sich bezogen und unter vielem Gezänke vermehrt hatten, längst vergessen und verschollen.

Über tredition

Eigenes Buch veröffentlichen

tredition wurde 2006 in Hamburg gegründet und hat seither mehrere tausend Buchtitel veröffentlicht. Autoren veröffentlichen in wenigen leichten Schritten gedruckte Bücher, e-Books und audio-Books. tredition hat das Ziel, die beste und fairste Veröffentlichungsmöglichkeit für Autoren zu bieten.

tredition wurde mit der Erkenntnis gegründet, dass nur etwa jedes 200. bei Verlagen eingereichte Manuskript veröffentlicht wird. Dabei hat jedes Buch seinen Markt, also seine Leser. tredition sorgt dafür, dass für jedes Buch die Leserschaft auch erreicht wird.

Im einzigartigen Literatur-Netzwerk von tredition bieten zahlreiche Literatur-Partner (das sind Lektoren, Übersetzer, Hörbuchsprecher und Illustratoren) ihre Dienstleistung an, um Manuskripte zu verbessern oder die Vielfalt zu erhöhen. Autoren vereinbaren direkt mit den Literatur-Partnern die Konditionen ihrer Zusammenarbeit und partizipieren gemeinsam am Erfolg des Buches.

Das gesamte Verlagsprogramm von tredition ist bei allen stationären Buchhandlungen und Online-Buchhändlern wie z. B. Amazon erhältlich. e-Books stehen bei den führenden Online-Portalen (z. B. iBookstore von Apple oder Kindle von Amazon) zum Verkauf.

Einfach leicht ein Buch veröffentlichen: **www.tredition.de**

Eigene Buchreihe oder eigenen Verlag gründen

Seit 2009 bietet tredition sein Verlagskonzept auch als sogenanntes "White-Label" an. Das bedeutet, dass andere Unternehmen, Institutionen und Personen risikofrei und unkompliziert selbst zum Herausgeber von Büchern und Buchreihen unter eigener Marke werden können. tredition übernimmt dabei das komplette Herstellungs- und Distributionsrisiko.

Zahlreiche Zeitschriften-, Zeitungs- und Buchverlage, Universitäten, Forschungseinrichtungen u.v.m. nutzen diese Dienstleistung von tredition, um unter eigener Marke ohne Risiko Bücher zu verlegen.

Alle Informationen im Internet: **www.tredition.de/fuer-verlage**

tredition wurde mit mehreren Innovationspreisen ausgezeichnet, u. a. mit dem Webfuture Award und dem Innovationspreis der Buch Digitale.

tredition ist Mitglied im Börsenverein des Deutschen Buchhandels.

Dieses Werk elektronisch lesen

Dieses Werk ist Teil der Gutenberg-DE Edition DVD. Diese enthält das komplette Archiv des Projekt Gutenberg-DE. Die DVD ist im Internet erhältlich auf **http://gutenbergshop.abc.de**

Zeitfracht Medien GmbH
Ferdinand-Jühlke-Straße 7
99095 Erfurt, Deutschland
produktsicherheit@kolibri360.de